兜太再見

柳生正名

Yagyu Masana

ウエップ

兜太再見＊目次

序　章　兜太、ヒューモアとしての　7

第一章　おおかみ的なるものをめぐって　25
季重なりの周辺に／兜太のアニミズムの本質／おおかみと青鮫

第二章　生きもの感覚の「た」　38
オオカミの無時間性／実存主義と生きもの／生きもの感覚と「た」の発見／荒凡夫のわび・さび

第三章　兜太と草田男の文体論から　58
添削に見る文体観／草田男俳句の文体／虚子と〈やまとことば〉／言葉の多様性と写生／日本語の多言語性／文体の社会性／特異点としての兜太

第四章　〈漢語〉の造型性と思想性　81
兜太の自己添削をめぐって／〈漢語〉に潜む「政治」性／俳句弾圧と漢語

第五章　兜太変節論と虚子の非虚子　99
兜太「変節」論の是非／『詩經國風』の文体／「非虚子」性としての〈漢語〉／造型俳句としての写生／荒凡夫の広さ、大悪人の深さ

第六章　切字「た」の源流を遡る　117
兜太俳句の口語性／「た」の前史／文末への登場と山頭火／「純動物」と「原郷」／「た」のアニミズム

第七章　放哉、山頭火、鳳作、白泉の「た」　136
山頭火、放哉の接点／「烟」と言文一致／放哉における変遷／新興俳句　白泉の場合／新興俳句　鳳作の場合／集約点としての兜太

第八章　最短定型と世界文学　158
兜太と「最短定型」／日本語の特質と17音／世界文学化と最短定型／先見性と生きもの感覚

第九章　呼びかける俳句、眺める文学　174
時枝と兜太の通底性／時枝のソシュール批判／構成主義的言語観と俳句／
「眺める」／「呼びかける」文学／「呼びかける」社会性

第十章　図々しく語る無意味の意味　192
社会詠批判と俳句界／「図々しさ」という戦略／
ドグマとしての「眺める文学」／虚子の無意味とその意味／虚子と兜太の戦略性

第十一章　差異としての虚子／兜太　209
虚子の兜太論／観照の主体たる非情／昼の星・菌と戦争／
「対立」と「差異」／差異でみる兜太と虚子

あとがき　228

兜太再見

序　章　兜太、ヒューモアとしての

「兜太をどう読んできたか」。本書に記していくのは、つきつめれば、このことについてのひとつの物語である。普通にいうと作品や評論を、という問いだろう。しかし30年間、師と仰いできた立場からすると、兜太の読まれるべき部分というのはそこにとどまらない。むしろ、それ以外の部分の比重が大きい。

兜太が主宰する「海程」では世紀の変わり目をまたぎ10年以上、空も水も澄みわたる仲秋に比叡山上（時に麓の坂本でも）で勉強会を例年開催した。可能なら主宰兜太を迎え、琵琶湖の風光を一望する宿坊で一泊。吟行と句会を通じて、西日本の同人・会友も存分に師を「しゃぶる」機会を堪能しようという趣旨である。

「荒凡夫」を自認する兜太も、下界の残暑から身を引きはがし、雲上の聖域に身を置く誘惑には抗えなかったにちがいない。知る限りでは終始、上機嫌で、

学僧の風呂場にいとど無言なり

修行僧鹿走る影を記憶とす
露の野を女人闊歩し且つ転び
あけびの実最澄に似た人の手に
念佛衆稲穂の谷に紛れけり

などの作を残し、没後刊行された遺句集『百年』に収められている。その中で

比叡の僧霧に鹿呼ぶ仕草して

はとりわけ印象的だ。兜太には

大頭の黒蟻西行の野糞　『旅次抄録』
去勢の猫と去勢せぬ僧春の日に　『詩經國風』
僧になる青年若葉の握り飯　『皆之』

と僧侶の登場する句は数々あるが、秋の比叡の空気感を的確に捉えたこの吟は、神戸赴任時代の名作

青年鹿を愛せり嵐の斜面にて　『金子兜太句集』

をどこか思わせる。聖域が醸し出す幽玄の風情は、若き日のやはり関西での記憶と深いところ

でつながっていたにちがいない。

ある年は、会場となった東塔から車で15分はかかる横川まで虚子之塔を見に行くのにお供した。「稲畑汀子が話していたので見ておきたい」とのことだった。そこには分骨もされ、ホトトギスでは例年10月14日に「西の虚子忌」の法要を行う。「見に行く」と記したのは、兜太は感心したようにながめていたが、手を合わせることまではしなかったためだ。

またある年は、日程が自身の誕生日9月23日と重なり、それが新暦・旧暦の違いはあれど一遍上人の忌日でもあることを誇らしげに語ってみせた。句会に出た一句

一遍忌叡山に赤きこんにゃく　らふ亜沙弥

をいたく気に入り、この名僧へのひとかたならぬ思いさえ明かした。夕食で供された「赤こんにゃく」は近江八幡の名産だが、その色合いと食感はどこか生肉風。それがまた荒凡夫兜太のイメージにぴったりなのだ。

遊行聖に秋の湖光の奢りかな　『百年』

と自らも詠んだ。一遍の時宗といえば踊念仏。こよなく愛した秩父音頭との共通点にも感じるところがあったはずである。

＊　＊

同じ仏教でも、比叡山延暦寺は天台宗総本山。寺名は片や琵琶湖を見下ろし、反対側には京の都を睥睨《へいげい》する尾根伝いに、東塔、西塔、横川と大きく三つに分かれる広大な地の堂宇群の総称である。京都では親しみと畏敬の念を込めて「お山」と呼び習わす。

その茫漠たる広がりのままに草木国土悉皆成仏という天台の仏理を示す諸伽藍が点在する。中で際立つ求心の力を放つのが、東塔に位置する国宝・根本中堂だ。開山、伝教大師最澄が788年創建。現状は17世紀に再建されたものだが、薄暗い堂内で目にすると不思議な眩暈にも似た感覚を呼びおこす存在がある。本尊薬師如来の御前に、最澄が灯してこのかた1200年あまり、油を注ぎ足し芯を替えて、一度も絶えたことのないという「不滅の法灯」である。多少とも歴史の知識があれば、織田信長の焼き討ちがあったのでは、とつっこみたくなる。その際、根本中堂は灰燼に帰した。しかし、灯は事前に分灯され、遠く出羽の山寺立石寺に安置されていた。根本中堂再建後、再び持ち帰ったとか。

それまでもお山を見はるかす近江を幾度となく訊ねていた芭蕉は、「おくのほそ道」で山寺を訪れた際、そのことを知っていたのだろうか？　ともあれ堂内の、外陣、中陣から一段深く掘り下げた内陣の暗がりに頼りなげに灯る燈籠の中で、その火は今も永らえ続けている。

中堂では、毎朝6時半から「お勤め」が営まれ、開始の少し前、宿坊の館内放送が参加を呼びかける。兜太は自宅ではいざ知らず、外泊先では80歳の声をきいても基本的に朝寝坊だった。それがむしろ若さの証しと感じられ、さすがにその場に参加するとは思えなかったものの、勉強会参加者の3分の1ほどは作句の題材探しという色気もあり、朝霧の中を根本中堂へと向かった。

中陣に座した善男善女は格子を通して不滅の法灯がともる内陣を覗くことになるが、そこに重々しく数人の僧が現れ、定座に着くとほぼ同時だったのではないか。

「まっぴらごめんなすって」

よもやよもやの兜太が中陣に入ってきたのである。

＊　＊

お勤めの間、海程の連中もずっと無言だった。内陣では般若心経など、いくつかの経典が読まれ、ことによると護摩が焚かれていたのかもしれない。終了後は中陣に現れた僧が法話を聞かせてもくれたが、その内容も含めて細部の記憶がない。そうならざるを得ないのは、兜太のいい出落ちさながらの一言が、その場の空気を一気に塗り替えたからだ。

「異化効果」というのはドイツの劇作家・演出家ブレヒトの用語である。


銀行員等朝より螢光す烏賊のごとく　『金子兜太句集』

でその30年前、兜太との最初の出会いを果たした筆者は、少々言葉遊びめくが、この語を思い浮かべていた。朝霧に包まれた根本中堂内の海を思わせる薄闇に、揺らぎつつ灯る不滅の法灯。それがはるかかなたの海中で、螢烏賊が子孫を残すために漏らす命の証しである光と自然に重なってくる。

この、とっておきの逸話は、兜太が最晩年まで出席し続けた海程秩父俳句道場に2016年、ゲストとして招いた作家のいとうせいこうの耳に直接入れた。洒脱な彼のことである。「ひゃっ、ひゃっ」と手を打って喜ぶまいことか——。

筆者にとって元気な兜太との最後の対面となったのは2018年2月20日の逝去直前、師走15日の座談だった。そこで本人にこの件をぶつけてもみたが、特に言葉が返ってこないまま、別の話題に移ってしまった。たとえ記憶になくとも、そうふるまった自身を今どう感じるか、返答を求めていれば。今になってつくづく思う。

＊　＊

比叡山勉強会が開催されていた2001年刊行の第13句集『東国抄』のあとがきで兜太は、句集名についてこう記している。

主宰俳誌「海程」に俳句を掲載するときの表題として、十年以上も書きとめてきたもので、初めは都ぶりに対する鄙ぶり、雅《が》の世界でなく野《や》の世界に自分の俳句をおきたい、といったていどの考えだった。

そんな思いを抱きつつ、西国で1200年の歴史を誇る、極め付きの聖地に踏み込んだのである。あたかも「殴り込み」にも似た思いを、侠客が「仁義」を切る際の決まり文句で言いとめて見せた――のかもしれない。

「まっぴらごめんなすって」の一言が兜太の口から生まれ出た背景として、心中深くに棲みついていた義民ややくざへの愛着があったことは間違いない。それが句作のかたちで結晶した結果がたとえば

大前田英五郎の村黄落す　『両神』

である。死のほぼ1年前に上梓された『いま、兜太は』（岩波書店）の「自選自解百八句」でも挙げられ、「群馬県の大胡《おおご》に大前田英五郎の村がある。刀を抜かずに相手を倒したという、この俠客が私は好きだ」と記す。煩悩と等しい数の、最後の自選自解は2012年刊の『金子兜太自選自解99句』（角川学芸出版）と多くの部分で重複しつつ、追加した句には新たな自解が語り下ろされている。これもそうした一句。思い入れ深い作だったにちがいない。

というのも、「俳句研究」1988年6月号の兜太、飯田龍太、森澄雄、尾形仂による座談会「俳句の風雅と猥雑」で以下のような論議が闘わされているからだ。

飯田　じゃあもっと具体的に言おうか。「大前田英五郎」なんて、常識以下だぞ。

金子　いや、「大前田英五郎」はね、この前あなたに言われてから、自分の句を味わってみたけど、あれは意外にいい句だわ。

飯田　それはぜひ書いといて（笑）。

金子　たとえば、「大前田英五郎の村黄落す」なんていうのはね、この韻律感の素晴らしさ。
飯田　「楠木正成の村黄落す」っていうと常識になると思ってるんだ。同じことだよ。
金子　楠木正成にすると韻律がダメ。「大前田英五郎の村黄落す」、この韻律感の良さね。これは私は得意なんですよ。
飯田　そういうばかなことを言うのは偉いわ。

兜太の秩父とは「秩父往還」街道で結ばれる甲斐の龍太も山国育ち。秩父から上州街道を北上すれば大前田英五郎の生地、赤城山麓に至る一本の線で結ばれた関係だ。その親近感が対談でのある種、ほほえましさすら感じられる率直なやり取りを生んだのだろう。にもかかわらず、兜太・龍太の資質の根本的な違いが浮き彫りにもなっている。「大前田英五郎」は「楠木正成」と同じ、いずれにせよ一句として弱いという龍太の論評は実に優等生的。兜太のやんちゃぶりとは好対照だ。

一方、兜太は『東国抄』のあとがきで、先に紹介した一文に続け、

しかし（その後）、「土」をすべての生きものの存在基底と思い定めて、自分のいのちの原点である秩父の山河、その「産土《うぶすな》」の時空を、身心を込めて受けとめようと努めるようになり、この題（東国抄）は、産土の自覚を包むようになったのである。（かっこ内は筆者）

と記す。気になるのは、秩父の産土に深く根ざした兜太が、より広がりを持つ「東国」という語にこだわったのはなぜか、である。一つ思い当たるのは、兜太が時に冗談めかして口にした「秩父は臆部」という〝産土観〟である。

長寿の母うんこのようにわれを産みぬ　『日常』

の一句など、この言葉を知ると知らないで理解に大きな差が生まれるだろう。「臆部」が「盆地の真中を縦長にうがつ荒川と、ほとの語感さながらにぷっくりした宝登山。その絶妙な地形の配置――」（安西篤『金子兜太』海程新社　２００１年）からの印象であることは間違いないが、さらに異なる世界を結び、多様な文化が行き交い、混じり合い、新たな生命を現世にもたらす径路としての地勢をも意味しているのではないか。とすれば、ともに山国の産土に多くを負う存在でありながら、

千里より一里が遠き春の闇　『遅速』

の一句にもにじみ出ているように、自らが立つ地に根を張り、その土に深く分け入ろうとする龍太に対し、

暗黒や関東平野に火事一つ　『暗緑地誌』

と思いが点から線、さらには面と延長されて広がっていく兜太。かの江戸末期の上州の大親分

のイメージも、昭和期に数多く生まれた任侠映画の影響、さらに街道伝いにもたらされる口伝えも相まって己が産土の一部となり、「大前田英五郎は自分だ」の思いがあったはずだ。

最晩年、兜太は「存在者」の語を盛んに口にした。「そのもの、そのままで生きている人間」の意味だが、2016年1月、朝日賞の受賞式では、自身のトラック島での戦争体験を振り返り、「私がいた海軍施設部という土建の現場に工員さんたちが多くいて、『存在者』の塊だった。彼らがたくさん死んでしまったことが今でも心の痛みになって残っている」として、引揚げ船の中で詠んだ一句

水脈《みお》の果て炎天の墓碑を置きて去る　『少年』

を紹介した。そうした「存在者」の端的な例が侠客や渡世人だったことは間違いない。

そんな兜太に「この句が成り立つなら、楠木正成でも」という議論は通じるべくもない。延暦寺根本中堂の中陣に踏み込む際に「まっぴらごめんなすって」の一言が口を突いて出たのは金子兜太であり、また大前田英五郎という「存在者」でもあった。

＊　＊

この種の兜太の一言――現状を一瞬で流動化させ、空気を一変するファンタジスタ的言動――は枚挙にいとまない。古くは1953年、日銀神戸支店（これも西国である）に赴任中、鈴木六林男に連れられ、「天狼」全国大会に出席した際の逸話である。山口誓子、平畑静塔、

橋本多佳子、細見綾子ら錚々たる面子が並ぶ中、兜太自身は「こちらは気圧されてしまって、ヒョイと頭を下げただけで、入口のところに立っていました」（『わが戦後俳句史』岩波新書85年）とするが、六林男が「俳句研究」56年11月号に記したところでは、兜太は「僕はこの大会の誰に《ママ》尊敬している訳ではないのだが……」と一席ぶち、飲み直しの場で「あゝ、キンタマが痒い」といって横になると寝込んでしまった。

晩年では、先ほども紹介した２０１７年12月の筆者ら結社関係者との座談の場だ。「海程」の事実上の後継となる月刊誌の名が「海原」と決まったことを報告した時である。

「いいカイゲンにしてくれ！」

久々の対面に、どこか緊張感に包まれていた場の空気が一気になごみ、笑いがはじけた。居合わせた全員が「兜太健在」の思いを深めた。

他にも同年11月の現代俳句協会全国大会での秩父音頭の熱唱など数え出すときりがない。これらは、兜太の豪放さ、または「駄々ッ子」（西東三鬼）ぶりと捉えられがちだが、果たしてそうだろうか？　産土・秩父によってたつ部分が多い分、アウェーの空気の中に置かれた兜太の皮膚感覚は実はナイーブですらあった。だからこそ、その場の空気を呑み込み、瞬間的に咀嚼し、その腹から生まれる懸命の一句を吐く。

猪がきて空気を食べる春の峠　『遊牧集』

の猪も実は兜太本人であり、その結果が根本中堂では「まっぴら——」の一言に結晶したと思えてならない。禅問答の達人・趙州が、「何か道《い》わねば、この猫を斬る」と言い放った師の南泉和尚に対し、即座に草鞋を頭の上に載せてみせた逸話を思い起こさせる。

＊　＊

ここからは少々込み入った議論になるが、柄谷行人が1992年に発表した有名な論文に「ヒューモアとしての唯物論」がある。書き出しから正岡子規の写生文について論じているのが印象的だ。そこでは「リアリズム小説を書くのにもっともふさわしい、『活』きた文体」と江藤淳が「リアリズムの源流」（71年）で賞揚した高浜虚子の写生文の正統性があっさり否定される。そして自ら写生文を実践した夏目漱石が、その文学的特質を「親が子供に対するような態度」にあると述べた事実を強調している。というのも、かのフロイトがヒューモアについて「他人にたいしてある人が子供にたいするような態度を採っているのである」と記している点が共通するからだという。

フロイトの立場を柄谷は「ヒューモアは、自我（子供）の苦痛に対して、超自我（親）がそんなことは何でもないよと激励するものである。それは、自分自身をメタレベルから見おろすことである」と深層心理学的に解釈する。ヒューモアは、他人を不快にする「イロニー」とは逆に「なぜかそれを聞く他人をも解放する」と指摘する柄谷は、フロイトがヒューモアの例として「月曜日絞首台に引かれていく囚人が『ふん、今週も幸先がいいらしいぞ』と言った」ことを挙げたと紹介する。

実はこうしたフロイトの考え方は、子規が「死後」と題して「ほとゝぎす」1901（明治34）年2月号に発表した「写生文」の内容とも重なるというのである。そこで子規は、自身の死の感じ方として「主観的」「客観的」の両方を挙げ、後者は「自己の形体が死んでも自己の考は生き残つてゐて、其考が自己の形体の死を客観的に見てをる」とフロイトそっくりの説明をする。そのほうが、「多少は悲しい果敢ない感もあるが、或時は寧ろ滑稽に落ちて独りほゝゑむやうな事もある」という。

そのようなまなざしで、自身の死後は、窮屈な棺にはいるのも、息苦しい土葬も、熱い火葬も困るといったことを延々と書き続ける子規が「写生文」と呼んだ「徹底的に唯物論的な」客観的描写は「近代小説のナラティヴあるいはナレーターによっては不可能なもの」と柄谷は強調する。自分自身をメタレベルから見下ろすまなざしという点で、子規の写生文にはすでに近代文学を超えた要素があるというわけだ。

俳句における客観写生論は基本的に、主観／客観の二項対立を前提とし、自己は主観の基盤となる単一な存在と捉える。ここで柄谷が示す子規の「写生文」や「客観的描写」に対する理解はそれと異なり、むしろ兜太が唱えた「造型俳句論」に近い。造型論では対象と自己との直接結合を切り離す。そして中間に結合者としての「創る自分」を置き、それが対象と自己の両方を見るのである。

兜太は70年代に入り、小林一茶の研究に力を注ぎ、その現実を見直すリアルな眼を高く評価した。それは「気どって見るのでなく、自分の眼でむき出しに見る、先入観なしに見る」（安西篤『金子兜太』）ことが特徴だが、その際の内面のはたらきかたを

①ひとくせ利かせて皮肉る「イローニッシュ」

目出度《めでた》さもちう位也《くらいなり》おらが春　『おらが春』

②素直に機嫌よくまっすぐに見てユーモアをこめる「フモーリッヒ」

やれ打《うつ》な蠅が手を摺《すり》《ママ》足をする　『八番日記』

に分け、後者の好機嫌な見方を高く評価した（『流れゆくものの俳諧』朝日ソノラマ79年）。

この図式に兜太の句を当てはめると

①　非常に利己的な善人雪の木を伐りおる　『遊牧集』

②　初夏長江鱶などはぼうふらより小さい

となると安西はいうが、この際②のまなざしに通常の一茶観で強調されがちな「慈悲心」を読みこむことは「上が下に対するおごり、差別意識」を認めることになりかねない。掲句の「やれ打な」の上五も、中七以下で表現される蠅の生き生きとしたリアルな仕草への好機嫌な、柄谷風に言い換えれば唯物論的な関心を強調する、アニミスティックなまなざしに根ざした「修飾語」と理解するのが兜太流なのである。

さらに重要なのは、兜太が一茶のイローニッシュな見方を「ひとりごころ」の表出と捉える一方、フモーリッヒな見方は「ふたりごころが一茶のひとりごころのなかに宿るとき」のものと理解していることだ。

「ひとりごころからふたりごころへ」は前衛俳句から「衆の詩」へと発展を遂げた中期兜太の導きの星に当たるスローガンである。それとフモーリッヒ／イローニッシュの構図を関連づければ、前衛俳句の手法だった造型俳句論における「創る自分」の内にすでにふたりごころの芽生えがあり、近代小説のナラティヴ《語り》を超越して俳句独自の文体を作り出す方法論が準備されていたのではないか。「衆の詩」と兜太がいうとき、その衆はかつて道元禅師が「一切衆生悉有仏性」の「一切衆生」とは「悉有」のことと喝破したのと同じ意味でアニミズムに根ざした言葉なのである。だから、この場合の「ふたり」は人と人の関係のみを意味する語ではない。一茶と蠅との間に結ばれた、おごりとも差別意識ともかかわりのない縁にもまたあてはまるものなのだ。

柄谷が日本近代文学の起源を鋭く問う過程で生まれた「ヒューモア論」と本質において重なる議論を、ほぼ同時期むしろ先駆してといってもよいタイミングで一茶研究を通じつかんでいた兜太の先見性には驚く。それを踏まえ、子規や漱石が独立した表現として磨き上げた「写生文」にも通じる「ヒューモアとしての唯物論」的文体を俳句実作の中に実現しているばかりか、「まっぴらごめんなすって」に代表される日常の一挙手一投足も、兜太にとってはヒューモアと「生きもの感覚」に満ちたふたりごころの実践だった。

柄谷はまた「中野重治と転向」（1988年）で、かつて寺山修司と俳句と短歌の違いについて論じ合った対談について回想し、次のように記す。

短歌的なものとは、私小説に帰着した大正期の近代日本文学の空間だといってもよい。それは、いわば五七五として開かれたものを七七によって回収し内的に閉じてしまう装置である。そこには、他者を欠くがゆえに安定した「自己」があり、小林秀雄の言葉でいえば「作家の顔」がある。それはまた、共感によって構成される、批評を欠いた共同体（文壇）を構成する。

＊　＊

ここで言われるのは、俳句がふたりごころを前提に世界の中に「開いた批評」として立ち上がるのに対し、短歌は七七を付けることによって世界をひとりごころの自足的な共感の内に引き戻すかたちで閉じがちとなる傾向性だろう。批評／共感の対立という視点は、現在のポストトゥルース（世界への批評的な対峙によって接近可能な真実の追究より、自分に都合がよく共感を得やすい情報を優先させる）的社会状況の下、一段と意義深さを感じさせる。

柄谷の議論と重ね合わせてみると、兜太の「まっぴらごめんなすって」に代表される言動は、実はその場の現実に対する批評行為そのものだ。たとえばきよお！と喚いてこの汽車はゆく新緑の夜中　『少年』
彎曲し火傷し爆心地のマラソン　『金子兜太句集』
鮭食う旅へ空の肛門となる夕陽　『蜿蜿』

などの句作と全く同じ次元で、「唯物論」的でふたりごころに満ちた態度を感じさせる。それが悲劇的な現実に基づく造型であったとしても、俳句の本質的なあり方であるフモーリッヒな批評性の地平を世界の中で最大限開くことで、「私小説」的自閉を打ち破る創造的な行為でありえている。

＊　＊

筆者が兜太と言葉を最後に交わしたのが２０１７年12月だったことは先に記した。翌１月に誤嚥性肺炎で入院、一度は退院したものの、２月６日に再入院となり、奇しくも小林多喜二の忌日と重なる20日、兜太は「他界」に赴いた。

実は死の前日、入院先に兜太を見舞った。熊谷市内の３階にある病室は遠く雪を頂く赤城、男体などの山々を遙かに仰ぎ、その窓の下の土が敷かれたベランダ状の張り出しには枯芝が広がっていた。脈拍や血液中の酸素量などをモニターで管理されつつ、こんこんと眠り続ける兜太。時々喉に痰が絡むことはあったものの、苦しみはほとんどないように見うけられた。時には録音された秩父音頭を耳元で鳴らしてみているとのことだった。

冬眠の蝮のほかは寝息なし　『皆之』

よく眠る夢の枯野が青むまで　『東国抄』

師を蝮に例えること、病床での夢の内容を見舞客が想像することは不謹慎ではないか。しかし、すべての命がつながる「生きもの感覚」としての「唯物論的」なアニミズムを信じたフモーリッヒな兜太なら、笑って「面白い」と言ってくれそうな気がした。

そんな甘えごころのままに、耳元で「人数もいるので句会しましょう」と呼びかけてみる。と、微かにうなずいたように見えた――いや確かにうなずいた。最後まで「俺の体は五七五の塊」という言葉通りの兜太だった。

穏やかにしかし多喜二の忌に逝けり　正名

第一章　おおかみ的なるものをめぐって

今、兜太との「再見」の旅を始めようと思う。

「再見」とは再び相まみえる意である一方、中国語では別離のあいさつにもなる。二度と生きて会うことのない永訣の時と分かっていても、いや分かっているからこそ、人々はあえて「また会いましょう」と言葉を交わす。

青鮫忌泣ぐ子はゐねかみんな泣く　　正名

梅も盛りの候にこう詠み、この一文を記す今は早や晩春、そして初夏。桜もはるか前に終わりを告げた。今年の花とは再び会うことのかなわぬ寂しさと、また来年に蕾はほころび、咲くという期待の両方で心が揺さぶられる。今はそういう時節なのかと思う。

二度と会えないということと、作品や論や、何よりも生身の謦咳に接し、直截でありながら奥深く、多面的な魅力をたたえた人格と直接交わった記憶のうちで再会が可能なこととのあわいで、心から滲みだす震えのようなもの。それは、「再見」という言葉でこそ受けとめられる何かなのではないか。

大海原の上の道のりとでもいうにふさわしい、遥かな旅となるだろう。だからこそというべきか、その出発点は

おおかみに螢が一つ付いていた

という一句に焦点を絞りこみたい。「生きもの感覚」「産土」「アニミズム」「存在者」など後半生の兜太から生まれた一連の創作理念を集約し、具現化した作品であると考えるからだ。「俳句四季」2017年11〜12月号で組まれた特集「100人が読む金子兜太」では、8人が本句を挙げ、

水脈《みお》の果て炎天の墓碑を置きて去る
暗黒や関東平野に火事一つ

の両句（7人選）をしのぎ1位となった。兜太追悼号となった「WEP俳句通信」103号での特集「兜太の一句」に寄稿した54人の中でも4人が取り上げた。これも

曼珠沙華どれも腹出し秩父の子
人体冷えて東北白い花盛り
梅咲いて庭中に青鮫が来ている

と並びトップだ。掛け値なしに平成期30年間の俳句を代表する作として、令和の今もますます

存在感を増しつつある。半面、単純なようで重層的な奥行きを持つ表現の本質をえぐる圧倒的な鑑賞には、まだお目にかかれていない印象もある。実は「俳人」が誉めるのに、苦労する、という点にこそ、他の名句と一線を画するこの句の特性があるのではないか。

◆季重なりの周辺に

「俳句」2018年5月号（角川学芸出版）付録の「金子兜太読本」で、坪内稔典は兜太の『東国抄』について「この句だけをもたらした句集」と斜に構えた物腰で掲句を一応〝絶賛〟するものの、作品論としては、おおかみを「いのちの存在の原姿」とする兜太自身の言を掲げるにとどまる。ほめるにもけなすにも手がかりをつかみきれていない、そんな印象だ。

一方で、宇多喜代子が『いま、兜太は』に「在り在るひと」のタイトルの一文に記したエピソードが興味深い。知り合いの教師が中学3年生ほぼ30人にアンケートを実施した時のこと。教科書にしばしば採用される有名10句と宇多が見はからって選んだ10句の計20句から3句選してもらう趣旨だったが、何と8割の生徒が、この「大人の読者にして『これって何だろう』とむつかしがる」おおかみの句を選んだと記している。理由について宇多は興味深い分析を示しているが、詳しくは次章で触れたい。

ここで宇多に「これって何」という大人の受け止めを前提させるものは何か。ひとつ思い浮かぶのは、「おおかみ」（冬）と「螢」（夏）の季重なりである。俳壇で句の季感を曖昧にする「季重なり」を嫌う傾向は今も根強い。そのせいで掲句を作者名なしに示せば、専門俳人外の、たとえば中学生が宿題で作った作と誤解する向きも少なくなかろう。

1995年秋から2000年初夏までの間の創作をまとめた『東国抄』。そのⅥ部20句がまるまる狼を巡る連作で、4句目の「おおかみ」に「螢が一つ付いていた」のである。

暁闇を猪《しし》やおおかみが通る
おおかみが蚕飼の村を歩いていた
おおかみに目合《まぐわい》の家の人《ひと》声《ごえ》
おおかみに螢が一つ付いていた
おおかみを龍《りゅう》神《かみ》と呼ぶ山の民
龍神の両神山に白露かな
龍神の走れば露の玉走る
木枯に両《りょう》神《かみ》山の背の青さ増す
龍神の障《さえ》の神訪う初景色
龍神に福寿草咲く山《やま》襞《ひだ》あり
狼に転がり墜ちた岩の音

狼生く無時間を生きて咆哮
山鳴りに唸りを合わせ狼生く
山鳴りときに狼そのものであった
月光に赤裸裸な狼と出会う
山陰《やまかげ》に狼の群れ明《あか》くある
狼の往き来檀《まゆみ》の木のあたり
狼墜つ落下速度は測り知れぬ
狼や緑泥片岩に亡骸《なきがら》
ニホンオオカミ山頂を行く灰白なり

ここで「無時間を生き」るとされる狼を兜太自身は「時間を超越」した存在者と説く。ならばそもそも季語季題を超越した存在だろうが、この連作の第三連10句は狼（オオカミ）が季語の冬の句と読みたくもある。

ここで思い浮かぶ一首がある。

春は花夏ほととぎす秋は月冬雪さえて××××××

川端康成がノーベル文学賞受賞式での講演「美しい日本の私」の冒頭に取り上げた道元禅師の「本来の面目」と題する歌だ。記した部分を読むかぎり「雪月花」の解説そのものの感がある。ならば、一首の眼目は伏字の部分であるはずだが、これを埋めようとする俳人が正鵠を射抜くことはまれだろう。

正解が季重なりの「冷《すず》しかりけり」だからである。「すずし」自体、俳諧では夏の季語。解釈的には春夏秋冬の季のめぐりを「冷し」と捉えるのだが、特に「冬雪冴えて冷し」という道元ならではの把握は「俳人気質」に捉われた人間には到達不能に思える。そこには季の移ろいという流行と、そのうちに存在者としてあることの「本来の面目」のすずしさという不易との弁証法的な調和さえ感じられる。

川端が日本の美の本質と受け止めたこのポエジーは、複数の季語の存在を条件反射的に厭う俳人気質と相いれない。それによって季節感があいまいになり、句の焦点がぼやけ、無中心的な構図になる面が嫌われるのだ。しかし、「美しい日本」というものがもしあるならば、その根底に「季重なり」でしか表現できない何かが存在することを実感させるのがこの一首なのである。

俳人が「おおかみに螢」の本質に迫りかねているひとつの理由もこのあたりにあるのだろう。この句は、専門俳人的まなざしと一線を画し、直接的に日本的な美の本質をわしづかみにする。それに気づくのが「大人」ではなく、俳句を知らない「中学生」という逆説が起こることも自然なことなのである。

◆兜太のアニミズムの本質

序章で紹介したように自ら記したあとがきで、兜太は「東国抄」という句集のタイトルのうちに「自分のいのちの原点である秩父の山河、その『産土《うぶすな》』の時空」の存在を自覚するに至った経緯を語った。

そこでは、「ある日、狼（ニホンオオカミ）が出現した。秩父には狼にかかわる伝承が多く、あちこちの神社に狼の石像がひかえている。ニホンオオカミは絶滅したといわれているが、まだ生きている。少くともわたしのなかでは、いのちの存在の原姿として生きている。句集に加えた狼の句には、その思いを込めたつもりだった」と突然、自身の内部への狼というヴィジョンの出現を語りだす。

秩父山地に属する三峰山、両神山周辺や奥多摩の御岳山に伝わる神話伝承によると、東征の旅の途上、ヤマトタケルはこの地で白い狼に助けられ、安全な場所に導かれた。関東平野の周縁部の山中にある三峯神社や武蔵御嶽神社を拠点に、狼を神の眷属である「オイヌサマ」「大口真神《おおくちのまがみ》」として信仰してきたのは、「主に山林や平地林を活かしながら畑作や養蚕を営んできた関東や東北の百姓たち」だった。「時折現れては田畑を荒らしてしまうシカやイノシシに悩まされた百姓は、草食獣を捕食する『オイヌサマ』の護符を掲げ、人間の社会と野生生物の領域の中間地帯で行われる農業を守ろうとした」（石倉敏明、田附勝『野生めぐり』淡交社2015年）。連作の2句目「おおかみが蚕飼の村を歩いていた」も単なる空想の産物ではなく、秩父のオオカミ信仰を自らのうちに棲まわせる兜太だから詠み得た。

同書では、三峯神社の神事で、月2回炊き立ての白飯をオイヌサマに供える「御焚上祭」に参列した著者らが耳にした「目に見えないオオカミが集まっている」という神官の言葉を紹介する。そこに兜太の

梅咲いて庭中に青鮫が来ている

に連なる空気感が満ちていることはいうまでもない。青鮫は「庭中に来ている」という措辞から群れとしての様相が自然と浮かぶのに対し、「螢が一つ」付いているおおかみは自身も個としての存在感がおのずと際立つ。その意味では対照的なのだが、この両句について兜太自身、「これはちょうどつながるんです」「その二つを自分で読んで、読むたびに、同時にそれが秩父の土壌、土というものを、私に体で感じさせてくれているんです」(「わが俳句の原風景」『いま、兜太は』)と語っている。

ニホンオオカミは兜太の誕生前、1905(明治38)年1月に奈良県吉野郡小川村(現東吉野村)で捕獲された若いオス(後に標本となり現存)が確実な最後の生息情報とされる。一方、秩父山中では96年10月にオオカミの可能性のあるイヌ科動物の写真が撮影されている。

秩父につながる荒川の下流、埼玉県深谷市では、巨大なホオジロザメの一種の歯の化石も出土している。一時は海底だった秩父一帯とその周縁に狼と鮫は時間差こそあれ共に生存した。とすると、『野生めぐり』の著者らが交わす「彼ら(神主)が『オイヌ様』って言っているのは、絶滅したニホンオオカミのことだけじゃない。—中略—(供えた翌日になくなっている飯は)実

際はシカが食べているかもしれない。でも、そういったものも含めて、『オイヌ様』って言っているんだよね。お山全体のことを」「そうそう。山が食べてるんだよ」といったやりとりに込められた思いは、さらに時空のスケールを広げる形で兜太の中に存在したことが実感できる。秩父山地を流れ出た水が荒川を通じ、東京湾やさらには太平洋へと交わっていく循環の中に、狼そして青鮫が姿を現すことは、単なる幻視ではない。「お山」は海までも包み込む実体的な広がりを持つ。

オオカミ信仰は、広大な関東平野をうるおす奥秩父や奥多摩という「水源であり、食べ物を与えてくれる、自分たちの魂の源流としての『お山』に対して感謝を捧げている」のであり、「お山」＝オオカミは大型肉食獣を頂点とする食物連鎖からはみ出してしまった人間が自身の深層心理の奥底、脳髄の古層にしまい込んでいる、かつての野生の記憶の断片なのだろう。それは食物連鎖の内部にとどまる自分自身が、かつては切実に喰い、かつ喰われる存在だったこと、そのサイクルの中から自らを文明化することで脱出したかにみえる現在でも、一皮剝いた本質は何ひとつ変わっていないことの深い自覚を伴う。それに魅かれ、回帰を夢見る対象として山から海へとつながる荘大な循環、その精緻かつ悠久の自然のシステムそのものが「お山」＝オオカミということになるだろうか。

後期の兜太は「産土」「アニミズム」「生きもの感覚」などの語を盛んに用いた。正岡子規、高浜虚子、さらには松尾芭蕉らと同様、兜太も自身の俳句観を魅力的なキーワードで語ることにたけた俳人だ。その命名の巧みさのせいか、周囲は念仏か題目のように唱えるばかりで議論を済ませがちである。しかし、秩父を産土とする兜太のうちに根を張ったアニミズムは「人間以外の存在に霊魂を認め、人間とそれ以外の存在を同格として扱う」といった公式論ですませられる程度の貧弱なものではなかったはずだ。

◆おおかみと青鮫

実は兜太自身、晩年に自作の「青鮫」を読者からの指摘で捉えなおす稀有な体験をしている。『金子兜太　自選自解99句』（2012年）では

（自宅の）戸を開けると白梅。気付くと庭は海底のような青い空気に包まれていた。春が来たな、いのち満つ、と思ったとき、海の生き物でいちばん好きな鮫、なかでも精悍な青鮫が、庭のあちこちに泳いでいたのである。

と語ったこの句について、4年後の『いま、兜太は』の「わが俳句の原風景」の章では第2次世界大戦中、トラック島の周辺で日本船が多数、米軍に沈められ、「日本人の死体がブカブカブカブカ浮いていた。それを狙って青鮫が寄って来ていた」という戦場のリアルな景に結びつけ、生態系の中で食われる存在としての人間というヴィジョンが深層に存在していたことを明かす。

青鮫の映像の源泉をトラック島での体験と結びつける指摘は、この句を含む英語版『金子兜太集』が11～12年に刊行されたことをきっかけに米国の読者から受けたものという。兜太はそれを全面的に肯定し、「戦地の残酷な青鮫どもを想像させて、戦争の孤独とか戦争の残酷さというものを非常に強く感じさせる、そういう庭でもあった」「その土の中には今のように、戦争をやって来たときの青鮫というやつがいるし、一方ではまたオオカミがいる。そういうものがいるんだということで、豊かになってくるわけです。自分の秩父映像です」と語る。

その水棲の存在感を「膚はぬるぬるで、青つくさく」と詠み、「軍国主義の象徴」として描いたとされる金子光晴の詩「鮫」とのイメージの共通性を指摘した西池冬扇、「おおかみ」の句の「『螢』は、秩父の蛍であるとともに、太平洋に散った兵の魂魄でもあるだろう」とした松尾隆信（「WEP俳句通信」103号）らの議論に説得力が増す。

人間が食物連鎖の輪の中に舞い戻らざるをえない戦争という極限状況。それさえも大きく包み込む自然＝お山＝オオカミの原初的イメージがそこに生まれる。おそらくは自身も十分自覚していなかった産土の秘める深層的映像を、異文化を背景に持つ読者の指摘によって「発見」した感動が兜太にあったにちがいない。それ自体、兜太のしなやかな作家性を浮き彫りにするエピソードである。ならば、

長寿の母うんこのようにわれを産みぬ　　『日常』

もまた「膣部」の地に生まれ、食物連鎖の果てに、やがては次の命の糧となる自身の存在に深

く思いを致す句と理解してよい気がしてくる。

兜太のおおかみ連作で、第二連の6句は周辺の地でおおかみを龍神と呼び習わす両神山を舞台とする。龍神は水と雨をつかさどる神格である。兜太は連作冒頭の

おおかみを龍神と呼ぶ山の民

という一句の自解で

郷里の秩父（「産土」）を代表する山として日頃敬愛している両神山《りょうかみさん》には、狼がたくさんいたと伝えられているが、土地の人たちが狼を龍神《りゅうかみ》と呼ぶと聞いて、両神山の名もそこから決まってきたのではないか、と私は思ってきた。（「自選自解百八句」『いま、兜太は』）

と記し、連作には「龍神の両神山に白露かな」「龍神の走れば露の玉走る」と水源地としての水のありようを連想させる句が続く。兜太の中で、オオカミが「水源であり、食べ物を与えてくれる、自分たちの魂の源流としての『お山』」と重なっていたことの証明といえるだろう。

京都では「お山」はまず比叡山延暦寺を意味する。この聖地では「草木国土悉皆成仏」を眼目とした天台思想実践の場として、山の生態系と自らを一体化する回峰行が行われてきた。さらに都を潤し、大阪湾への水運をもたらす賀茂川の水源をなす北の山々への思いは、歌舞伎

十八番「鳴神」にも見てとれる。北山志明院が舞台のこの狂言の主人公は鳴神上人。皇子誕生の勅願を成就させるが、寺院建立の約束を反故にされた怒りから龍神を滝壺に封印、干ばつを引き起こす。困り果てた朝廷が送り込んだ美女、雲の絶間姫の身体に触れ、女犯の禁を破った上人の法力が解けると、姫が滝壺の注連縄を切り、龍神が飛び出すや否や一天にわかにかき曇り……。

西国では深遠な仏教思想や艶と雅に満ちた説話として伝えられる「お山」への思いが、東国ではオオカミの野性に託して具象化される。その構図が文字通り、「都ぶりに対する鄙ぶり、雅の世界でなく野の世界」としての「東国」の時空への執心につながり、「おおかみ」連作に結実したにちがいない。かつて延暦寺根本中堂の中陣に足を踏み入れる際、「まっぴらごめんなすって」と仁義を切った兜太の心底にあったのは、このような意味での「東国」への思いでもあっただろう。

第二章　生きもの感覚の「た」

『東国抄』に収められた「狼」連作20句を改めて振り返る。第一連4句は現《うつつ》とも暗闇の中の幻視ともつかない、それゆえのひらがな表記だろう「おおかみ」が蚕飼の山里をさすらう。

おおかみに目合《まぐわい》の家の人声《ひとごえ》

村落で「目合」のもたらす命の連鎖の重みと、共同体や生殖から切り離されたおおかみの孤独の対照は鮮烈だ。おおかみが龍神と同一視される両神山周辺を舞台にした第二連6句に続き、第三連10句では命としての実体感を増しつつ、種の滅亡に瀕する「最後の一頭」としての悲劇をまとう。それが漢字で「狼」と記される由縁と思える。

山陰《やまかげ》に狼の群れ明《あか》くある

連作中唯一、狼を群れとして捉えた一句も、むしろ残された一頭の記憶が生んだ幻視の景と捉えるべきだろうか。

狼墜つ落下速度は測り知れぬ

狼や緑泥片岩に亡《なき》骸《がら》

ついには墜落によって秩父を象徴する緑泥片岩の上にむくろをさらす。やがて、それは霊《すだま》となり、山の頂へと至る。

ニホンオオカミ山頂を行く灰白なり

東国のオオカミ信仰には、ヤマトタケルの東征神話が関連づけられている。熊襲・東国征討を行ったとされる日本古代神話上の英雄であり、その生涯の軌跡は孤高の貴種流離譚と呼ぶにふさわしい。武甲山の石灰石を思わせる灰白色のニホンオオカミの姿には死後、白鳥に姿を変えたタケルの、侵略者でありつつ、無謀な戦争の被害者ともいえるアンビヴァレントな生涯が重なる。

◆オオカミの無時間性

狼生く無時間を生きて咆哮

第三連で印象的なこの句について兜太自身はこう記す。

狼は、私のなかでは時間を超越して存在している。日本列島、そして「産土」秩父の土の上に生きている。(『日本行脚俳句旅』アーツアンドクラフツ２０１４年)

米国の哲学者マーク・ローランズが著し、世界的な話題を呼んだ一冊が『哲学者とオオカミ』(今泉みね子訳・白水社 10年)。米大陸に生存するオオカミと11年間生活を共にした体験を踏まえた哲学的思考が展開される。興味深いのはブレニンと名付けた一頭との共生を通じ、人間中心主義《ヒューマニズム》的思考、端的にいえば「実存主義」の克服が大きなテーマとなっている点だ。

実存主義は、ハイデガーが１９２７年に刊行した大著『存在と時間』が世界の哲学界にインパクトを与えたことを契機に、大きな潮流を巻き起こす。第２次世界大戦後には、単なる思想の枠を超えた社会現象として拡がり、60年代の学生運動などに大きな影響を与えた。その代表格ジャン゠ポール・サルトルによる「主体性」や「社会・政治への参加《アンガージュマン》」の主張は、国境を越えて若者の共感を呼んだのである。俳句界でも社会性・前衛俳句が生まれるひとつの背景となり、その動きの中心にいたのが兜太だ。

サルトルの思想の基本テーゼ「実存は本質に先立つ」から導き出される必然的な帰結をローランズはこう解説する。「人間は自らのあり方を選べる」特権的存在である一方、「人間以外のすべての事物は自由ではない」「人間以外の生き物が生物学的な遺伝の奴隷、自然史の単なる召使となるように宣告されている」――ローランズはこれら人間中心主義的な主張を「人間の傲慢さ以外の何ものでもない」と批判する。

わけても癌に侵されたブレニンを看取った体験から

ブレニンにとっては、癌は瞬間的に訪れる苦痛だった。ある瞬間にはブレニンは調子が良いと感じた。けれども次の瞬間、たとえば一時間後には、気分が悪くなった。それでも、それぞれの瞬間はそれ自体で完成していて、他の瞬間とは何の関係も生まなかった。一方、わたしにとっては、癌は時間の苦痛であって、瞬間の苦痛ではないだろう。―中略― 恐怖は、癌がわたしたちの欲望や目標や計画の矢を断ち切り、しかもそれをわたしたちが知っているということにある。

と記す。ハイデガーらの実存主義がよって立つ現象学の立場に立てば、人間にとって、「現在」の経験とは今この瞬間の「現印象」に、将来の予測である「未来予持」と近い過去の回想である「過去把持」をまとわりつかせたものだ。おそらく人間以外の生物の多くには、現在に単なる瞬間を超えた意味づけを与える、このような時間認識の地平は開かれていない。今という瞬間を過去と未来に向けて開き、自身の〝死〟の必然をも自覚するが故に、「創造的」に今を生きることが可能な人間のあり方を強調することで、ハイデガー、そしてサルトルも人間存在＝実存の「特権」性を高らかに宣言した。人間が生みだした俳句が季にこだわるのもこの「特権」意識の反映といえる。瞬間のみに立つ「生きもの」に季節のめぐりという意識はないはずだ。

ただ、その時間性によって、人間は逆に今この瞬間をあるがままに受け入れられない。その結果、人間が世界を経験する際に、生き生きとした、かけがえのない今は、過去との比較や未来への配慮によって「しぼんで無になって」しまう。不治の病に侵されるなど、「希望が失われた後に残る自分」に捉われることで最も大事な「今この瞬間」自体の価値を見失う。

『存在と時間』でハイデガーは、不可避な自身の死に向き合う「有限な時間」の自覚こそ「死を覚悟している実存が、現在の状況へと立ち戻り、覚悟して、自己が帰属する真の伝統、自己に固有の世界、自己を含めての共同体の運命――これを引き受け、受け取り直すことの根拠」(『実存主義入門』茅野良男著　講談社現代新書　1968年)とする。

伝統や民族、国家などの共同体への帰属は、個が自由に選択できず、逆に偶然投げ入れられた(被投性)結果だ。しかし、自らの有限性を自覚した実存が、そこへ自らを主体的に投げ入れる態度(投企)に転じることで、実存は個としての有限性を乗り越え、永遠へと通じる存在の明るみに達することができる――専門家からすれば、ハイデガー思想の通俗化と批判されかねないが、だからこそ、第2次世界大戦時には国家のための死を根拠づける思想として青年の心をつかみ、ハイデガーの直接的影響を受けた哲学者、田辺元の著書『歴史的現実』(40年)のように、軍国主義の時代に若者を戦争に向かわせる〝力〟ともなり得た。

自ら出征を経験した兜太が、この種の実存哲学の帰結としての伝統・共同体観に肉体的なレベルで反発を感じていただろうことは想像に難くない。戦後俳句の高揚が一段落した後の俳壇で、伝統回帰が無反省に強調され、その潮流が現在も続くことを憂えた兜太である。個の魂が先祖の霊に一体化し、共同体を守るという日本の土着的発想と重なる分、こうした論理で自身の保守化や安易な伝統への拝跪を正当化することの危険性も、切実に感じていたにちがいない。

一様に実存主義の洗礼を受けた戦後文化人も、多くがブームの終焉とともにサルトル的な革命志向からハイデガー的な伝統尊重へ転向を遂げた。実存主義自体、学生運動に端を発した68年パリの五月革命を一つの頂点として、70年代に入るとその人間中心主義が批判の対象となり、存在より関係を重視する構造主義に主導権を奪われた。ハイデガーの思想すら、かつてのナチズム加担の責任が改めて問われる中、反実存主義的なポストモダニズムの文脈の中で読み直されることになる。

◆実存主義と生きもの

兜太は自らの肉体で戦争を知る立場から、実存主義的人間中心主義《ヒューマニズム》に対し、常に肯定と否定ないまぜの二律背反な立場に身を置いた。それは当時の兜太の態度を根本的に特徴づける大きな要因となっただろう。兜太が晩年に強調した「存在者」「他界」などの理念は、俳句論の観点からは今も十分に消化しきれていない。しかし、実存主義的な人間中心主義という観点から見ると、一貫性のある理解は十分可能ではないかと思われる。

兜太が「存在者」を語る際、しばしば引き合いに出されるのは、物資が決定的に欠乏した南洋トラック島の土木部隊で無謀な手榴弾の自作を試み、暴発を招いた事件だ。腕を吹き飛ばされ即死した実験者の遺体を仲間が担ぎ上げ、ワッショイワッショイと大声で病院まで運んだ。起きてしまったことはあまりにも悲惨でした。ただ、そのとき私は、人間っていいものだ、とも感じていたのです。（『私はどうも死ぬ気がしない』幻冬舎 2014年）

これは通俗的なヒューマニズムとは一線を画した、「生きもの的実存」への思いではないか。兜太が「存在者」を語るとき、そこに浮かび上がるのはハイデガーやサルトルが想定した知的エリートたるものの実存ではなく、彼らが「非本来的な自己」「即自存在」としておとしめた動物的で日常性に埋没した存在者への共感のように思える。

私はどうも死ぬ気がしない。九十五歳を迎えましたが、最近では、私は死なないのではないか、とすら思います。（同）

宗教的に響くこの言葉も兜太の口から出ると、個の有限性＝死の自覚が「伝統の中での無限性」に安易に結びつく傾向への反抗と感じられる。逆に死の必然を自覚する人間の特権をあえて投げ捨て、今この瞬間に集中して生きる「生きもの感覚」から導かれる思いとして理解可能だろう。眼前の今に集中する命は、今という瞬間の位相では死に捉われず、「不死の存在」たりうる。生きているこの瞬間の己れは生そのもの。死の入り込む余地はない。進化の過程で、人間が「時間的存在」になる以前、世界をそのように把握した記憶は人類の脳の古層に確実に生きており、人間はオオカミに学んで瞬間そのものを生きる体験をすることは可能だ——『哲学者とオオカミ』の著者は、そのことを狼から学んだとする。

未来における自身の死の自覚から「実存」を照らすハイデガーらと一線を画し、今は今の生のみ、という「生きもの」のまなざしこそ、兜太のオオカミが生きる「無時間」の本質ではないか。今の瞬間を断固として生き抜く命の輝きが遠吠えとなってほとばしる——そのような眼でものを見る姿勢が兜太の「アニミズム」の本質なのだ。

単に動物を擬人化して描くことをもってアニミズムとする理解がある。これは人間の発想や感性を人間以外に押し付け、理解しようとする点で、実は極めて人間中心主義的発想なのである。ここで「おおかみに螢」の一句にまなざしを戻した時、そこに立ち上がるのはオオカミの眼で見た瞬間、立ち上がる世界のありのままの実相だ。ここまで本論でしてきたような狼や蛍に込められた重層的なメタファーや歴史的、民俗学的意味づけさえも一瞬忘れ、その瞬間に完成した世界そのもの——。この句を詠んだ兜太の眼が「生きもの感覚」それ自体になっている。

客観写生や花鳥諷詠論は自然尊重を謳いつつ、その実、「写生」「諷詠」という言葉が本質的にはらむ自然／人間の二項対立を前提とする。人間の眼を通した自然という構図から逃れられず、しばしば人間中心主義の罠から脱し切れない。「有季」への過度の執着も今を「季のめぐり」という時間性の中で捉え、瞬間にはじける命のあるがままに没入しきれないことの表れというほかない。兜太が「生きもの感覚」という言葉で提起したのは、こうした潮流へのアンチテーゼとしての「生きもの中心主義」「生きもの諷詠」であった。

◆生きもの感覚と「た」の発見

兜太の狼連作の中核をなす

おおかみに螢が一つ付いていた

の句に、「生きもの諷詠」としてのインパクトを与える表現上の要が文末・句末の「た」である。この文末辞は「けり」「かな」などに匹敵する「切字」としての機能を果たしている。

ここで兜太は一頭のおおかみが実在し、それに「螢が一つ付いていた」という事象が今はない過去として確定していることを言い切る。「た」は描かれる映像を電光影裏の瞬間の中に鮮やかに屹立させる。そこには「造型」「暗喩」などを織り込んだ深層を考えさせる以前の、その光景を語り手が実際に観たか、といった問いの介入すら許さず、ただその映像が確かなものとして読み手の心に刺さる、という意味の明確さが存在する。単なる過去を示す助動詞ではなく、作者が生きる今にすべてを集約させる切字としての発語の力。その瞬間に全集中の呼吸をもって立ち尽くすまなざしの実感。『哲学者とオオカミ』の哲学者がブレニンの看取りを通じて感得した思想と同様の、生きもの感覚の結晶というべきことばが「た」なのだ。

それでいて、この「た」には、現在に身を置く無色透明な語り手が過去の事象を振り返って「もう取り返しがつかない」という詠嘆の念がこめられてもいる。この「た」の持つ魔術的なはたらきについては、奇しくも兜太との親交が深い作家いとうせいこうが長編小説『小説禁止令に賛同する』（集英社　2018年）で、日本語の言文一致を確立したとされる二葉亭四迷『浮雲』における用例をもとに論じている。


「彼女が云った」

「自分が答えた」

確定の過去形が持つ重みを何度でも味わって下さい。それは取り返しのつかない「事実」を示すことができるのです。

これこそが技術です。

語り書く技術。

わたしに言わせれば、それはもちろん詐術でありましょう。

確定の過去形は事実より強い効験《こうげん》を持つ。読者を虚構による現実世界へ引き入れてしまう。


——中略——

皆さん、こんな不気味な催眠的な暗示のような、いや主観の問題など超えてしまう錬金術のような、それでいて実に卑小で簡単な技からできている発明を、なぜ嫌悪し、恐れないのでしょうか。

助動詞「た」は、江藤淳「リアリズムの源流」（1971年）などで示されたように、文語の助動詞「たり」を起源に、それまで口語で使われていたものが明治の言文一致運動の過程で文章語に加わり、一気に普及した。いとうは、この語が含み持つ毒までもあからさまに語りつつ、「た」の発見によって生まれた明治期の「語尾革命」の革新性と、それがまた「小説の悪そのものの大きな巣」となった過程を示す。

いとうは兜太も参加して行われた2016年春の海程秩父道場で講演し、「俳句の切れ」と「散文における過去形終止が持つ詠嘆性」の関係というテーマにこだわり続けている自身の創作姿勢を明言した。『いま、兜太は』でも「おおかみに螢」の句を以下のように論じる。

いない存在を幻視しているのだが、そこに蛍という存在がついているだけで本当のことになってしまう。「いた」と過去形にするからなおさら、おおかみの存在は疑いえない。

「た」止めの名句が、写生や花鳥諷詠論の流れを汲んだ伝統俳句の世界から生まれたという話は寡聞にして聞かない。しかし、いとうも記す通り、この語は子規の「俳句革新」と並行する形で取り組まれた明治期の言文一致運動を源とする日本近代文学、とりわけその中での写実の起源をめぐる根本的問題として捉えるべき存在なのである。それは江藤淳から柄谷行人を経ていとうへと引き継がれ、現在も日本文学の本質論を巡る最先端の論点である。ここで強調しておきたいのは、兜太がおそらくは江藤、柄谷のようなアカデミックな視点からでなく、ただ「生きもの感覚」を追究する創作の過程で、この本質的問題におのずから切り込んでいたことである。

実は兜太の句末の「た」は「おおかみ」で初めて登場するわけではない。句集掲載作では1970年代半ばの

防風林に一つ山松蟬もいたぞ

緑便の秋の運河に海馬いた　『旅次抄録』

が嚆矢となる。

ここでひとつ注目すべき事実がある。兜太は自身の俳句に文末・句末の助動詞「た」を初めて取り入れてからさほど時を経ず、1979年に上梓した小林一茶論の集大成『流れゆくものの俳諧』（朝日ソノラマ）の中で、句集『おらが春』から

我《わが》やうにどさ《マ》り《マ》と寝たよ菊の花

という助動詞「た」を用いた一句を引き、一茶が農民出身であることをつくづく感じると強調した。助動詞「た」が文章語として定着するのは明治に入ってからの言文一致運動の結果であり、それまでも口語的表現として存在していたにせよ、文学史にはっきり刻まれた例としてはかな

り先駆的といえるかもしれない。そのような文体的特徴を帯びた一句を通じ、兜太は一茶の感受のあり方について「土と密着し、土を通して生きものと接触している人間の感応には、生物にたいして、普通人以上に直接的な、率直な親近感」があると受けとめ、それはアニミズムと呼んでよいものだと断じる。

後期兜太を理解する上で最も重要なキーワードの一つに数えられる「アニミズム」の発想の源がこの文末の「た」を伴う一句に見出されることは、はなはだ興味深い。兜太はこの句について次のように記す。

だれがもってきたのか、菊の切り花がかたわらに置いてある。自分と同じような格好でどさりと寝ているよ。——あっ、おれみたいに寝ているな、と素直に感じてしまうのです。そして、そこに共感をおぼえる自分も、菊といっしょになってしまいます。

兜太の直弟子たる安西篤も「『どさりと寝たよ』の感受には、菊の花に霊魂を感じているようなところがある」と指摘し、自然界のすべてに宿るアニマ（霊魂）に親しみ、ひかれていく気持ちがなみたいていでないと評している（『金子兜太』）。「どさり」というオノマトペは今風に言えば「バタンキュー」とでもなろうか。いかにも一茶らしい口語的発想のくだけた表現が、花を文字通り人間と同格の、アニマを分かち持つ存在として浮かび上がらせ、助動詞「た」に終助詞「よ」を伴う現代口語そのままの文体がますます一茶と花の間の親密感、つまりはフモーリッヒなふたりごころを表現しているといえる。

実はこの句は『一茶全集／第一巻　発句』（信濃毎日新聞社　79年）に

我やうにどつさり寝たよ菊の花

という形で収録されている。その場合は、朝の光のなか、みずみずしく咲き誇る大ぶりの菊と、たっぷり睡眠を取り上機嫌な自分を重ねた句のようにもとれる。

「兜太流」に「どさりと」の形で捉えた方が生の身体感覚が浮き彫りになり、菊へのアニミスティックな共感がよりリアルになるのではないか。そして「よ」を伴いつつ姿を現す、文字通り口語調の切字「た」の存在感は「どさりと」を受けてこそ鮮烈に浮かび上がる。そこには「た」行の音の反復という音韻的効果が影響しているように思われる。

一茶は「菊の花」という季題について

勝菊やそよりともせずおとなしき　『七番日記』
役目とて咲も咲たりかぢ《ママ》け菊
見てくれる人に馳走や菊の花　『八番日記』

などなど、擬人化した句を数多く詠んでいる。その中で掲句は特に有名とまでは言えない。にもかかわらず、兜太はこの句を切り口にしてふたりごころが一茶のひとりごころのなかに宿るときには、アニミズムが強くはたらいている。もっと明確にいえば、一茶のなかにある農民の血が激しく昂揚しているとき、血潮がさわやかに流れているときに、そのふたりごころがひらけてゆく、といえるでしょう。

とふたりごころ＝アニミズムという一茶俳句を読み解く鍵を見出している。文末に位置する助動詞の「た」が「生きもの感覚」と直結していく後期兜太の俳句の骨法を実作と理論の両面でつかみ取ったのがこの時期であることを示しているだろう。

続く80年代前半には

杉の実の匂いが好きだ嗅ぎすぎた　『猪羊集』
酔うて劇的になりしよ青葦に寝たよ
春の河州の家鴨のなかにしやがんでいた　『皆之』
青　葦　原　呆　然　と　立　葵　が　い　た　ぞ

などと「た」止めの存在感は一気に増す。90年代前半までの句を収めた『両神』にいたり

満　月　去　り　朝　が　無　言　で　覗　い　て　い　た
蛇来たるかなりのスピードであつた
良　寛　の　朝　寝　に　海　猫　が　と　ま　つ　て　い　た

仏の山青蛙《せいあ》に髭が生えていた

にみられるようにストレートな「た」止めが多用され、瞬間の映像を切り取る素朴な即興風の詠みぶりが目立つようになる。この句集のあとがきで兜太は「〈創る自分〉を活動させて、暗喩たり得る映像（イメージ）を形象することは、わたしの句作の基本である。—中略— しかし即興の味を覚えるなかで、造型とともに即興——二律背反ともいえるこの双方を、いつも念頭に置くようになっている」とし、さらに「即興の句には、対象との生きた交感がある、とおもうこと屢々だった」とアニミズム的な感覚と即興の親密さを語っている事実は注目してよい。そこに「た」止めという俳句文体の新機軸を受け入れる必然性があったともいえる。

さらに狼連作を含む90年代後半の作を網羅した句集『東国抄』では、生きもの感覚と「た」止めの関連性がより密接になっていく。

禿頭を野鯉に映す夏が来た　Ⅰ部
湯を沸かす昨夜は猪《しし》がそこにいた　Ⅴ部
歯固や母の歯は馬のようだつた
屋上から大根の葉が墜ちてきた　Ⅶ部

狼連作はこのⅤ、Ⅶ両部のはざまのⅥ部に登場する。

◆荒凡夫のわび・さび

兜太といえども、晩年に至り、なお周囲を驚かす記憶力を誇りつつも、以前の驚異的な映像再現能力が体調次第で弱まる場面もあった。遺族が告別式のあいさつで語ったように、外部には悟られなかったものの、96歳を迎えた2015年秋には年齢相応とはいえ、記憶障害の兆候らしきものもあったらしい。老化を厭い、アンチエイジングが話題になる現代、そういった現象は否定的に捉えられがちだが、少なくとも俳句の上で兜太はそれを無意味に隠そうとはしなかった。

だからこそデカルト的理性に固執する人間中心主義とは一線を画し、「生きもの感覚」で瞬間瞬間に屹立する今と向かい合えた。自身の「衰え」さえも逆手に取り、瞬間の実相を捉え切ろうとする感覚が逆に冴えていく。それが最晩年の兜太だったのではないか。少々さかのぼった時期の句ではあるが

酒止めようかどの本能と遊ぼうか　『両神』

長生きの朧のなかの眼玉かな

など「老境俳句」というレベルを超え、老いや衰えというものの内に、「真実の花」を見出す姿勢は世阿弥さながら。それらさえも命のかけがえのない真実と捉え、隠し立てのない肉体と

本能をいつくしみ、今という瞬間の命を生きる。「荒凡夫」に徹することが、本人も意図しないままに「わび」「さび」の本質へと通じる――。そのようなことが晩年の兜太の内で現実化した。表現の側面からいえば、それを体現するものが兜太流「た」の発見ではないか。その極限の姿が、「海程」2018年4月号に掲載された絶唱「最後の九句」中の

さすらいに入浴の日あり誰が決めた

だろう。超高齢化を迎えようとする現代日本で、その果ての果てまで「定住漂泊」に徹し、「誰が決めた」と反骨の気概を示す。それによって何があろうと句を詠み続けることの意味を示し、老いを生きるすべてを勇気づける一句でさえある。

このような兜太の「た」に連なる形で、筆者の内に思い起こされるのが子規の「ぬべし」である。

鶏頭の十四五本もありぬべし

と晩年、病床に伏す子規が詠んだ時、根本にやはり「生きもの感覚」に裏打ちされた「瞬間へのまなざし」があった。それは柄谷行人いうところの唯物論的ヒューモアにも通じる。その子規も、文人嫌いで一茶を愛した兜太も蕉風の「わび・さび」には、ある意味で距離をとっていた。にもかかわらず、この句、さらに兜太の「おおかみに螢」には、

に通じる閑寂な瞬間が感じられる。この句における切字「や」にもまた「生きもの感覚」に通じる「瞬間的まなざし」が認められるということでもある。実のところ、兜太、子規、芭蕉によるこの3句は現代、明治、元禄という各時代に対応した「わび・さび」の姿を示す表現なのかもしれない。

古池の句について、兜太はかつて「芭蕉が旅から帰って来て自分の庵に座っていたら、蛙がポチャンポチャンと水に飛び込んだ。この古池もよみがえるだろう。古池は芭蕉の心かも知れない。春が来て、春はどんどん躍動している」と語った。この解釈の特徴は、第一に従来一匹と解されがちだった蛙が実は複数で、第二にそれは閑寂というより、春の命のダイナミックな目覚めを詠んだ、と捉えた点で、いかにも兜太ならではの「生きもの感覚」を実感させる。

一方、兜太は自身の蛍の付いたおおかみについて「静かに土に立つ」と自解している。しかし、第一章で言及した宇多喜代子による中学3年生へのアンケート調査では、この句を8割の生徒が「好きな句」に選び、なおかつ「真暗な中を狼が超スピードで右から左に飛んでいった。その尻に蛍がしがみついている」というコメントに代表される「動くオオカミ」という映像的な受けとめ方が多数を占めた。この狼や蛍は「いま生きて眼の前におり、何かに向かって動いている」存在である（『いま、兜太は』）。

宮崎駿監督の長編アニメ映画「もののけ姫」（1997年）に人間が走る狼にまたがるシーンが

あることもどこか思い起こさせる。兜太が古池の句に春の生命観を読み取ったのと並行する形で、中学生の「生きもの」そのものの若々しい感覚が蛍の付いたおおかみからダイナミックな動性を受けとめた点は興味深い。連作全体で見ると

龍 神 の 走 れ ば 露 の 玉 走 る

など疾走感に満ちた句も見られ、解釈論として決して無理はない。にもかかわらず、専門俳人の多くが静かな情景を読み取っている事実は、逆にこの句が持つ閑寂な「わび・さび」との本質的な親近性を感じさせもする。

以上、まとめれば、兜太の語る「生きもの感覚」、わけてもその瞬間に立ち上がる世界に向けたまなざしのうちには芭蕉、子規に通じる世界の存在、大きな文学史的な流れの中での連続性が感じられる。それが兜太俳句のうちには、たとえば「た」という言葉の切字的な用法を通じて顕在化していると受けとめることができるのではないか。

第三章　兜太と草田男の文体論から

兜太の俳句が、その97年の生涯を通じて描いた多様な軌跡が収斂していくポイントとして

おおかみに螢が一つ付いていた

という一句を捉え、論じてきた。文末辞「た」は兜太の中で時間をかけて芽生え、成長し、新たな俳句の「文体」をつくりだすものとして、この句に結実した。それは秩父を産土とする野性と実存主義的人間中心主義《ヒューマニズム》とのせめぎ合いが生んだ前半生の「社会性俳句」「前衛俳句」が、「存在者」の立場に立つ後半生の「生きもの」詠へと進化を遂げる過程を体現し、その意味でこの一句は兜太の80年に及ぶ句業全体の集約点といえる。ただ別の側面から見ると、兜太俳句の山河の中でどこか異質の陰りを帯びる特異点でもあったのではないか。

◆添削に見る文体観

そのことと関連づけて、考えてみたいエピソードがある。中村草田男は角川「俳句」1962年1月号に掲載された、かつての「弟子」兜太との公開往復書簡で、当時話題を呼んだ兜太の作に批判的視点から「添削」を加えた。折から現代俳句協会が分裂。61年末に脱退メンバーらによって設立された俳人協会の会長に草田男が就任し、兜太ら若手が主導権を握る現俳協と対峙する構図が鮮明となるなかでの出来事だっただけにもちろんのこと注目を集めた。具体的内容は

彎《ママ》曲し火傷し爆心地のマラソン
→爛《ただ》れて撚《ねじ》れて爆心当なきマラソン群

華麗な墓原女陰あらわに村眠り
→墓《ぼ》地《ち》のみ栄《は》え陰《ほと》漏れ勝ちに惰眠の村

というものだった。一方で草田男は

粉屋が哭く山を駈け下《ママ》りてきた俺に

には「私の補正の筆の施しようもありません」と嘆いてみせた。

ここで草田男がしたのは「彎曲し火傷し」を「爛れて撚れて」、「華麗な墓原」を「墓地のみ栄え」、「女陰」を「陰《ほと》」などとする書き換えである。そこから浮かび上がるのは、漢語や西洋

語など伝統的な和歌の世界で忌避された語彙をやまとことばへと復旧しようとする姿勢だ。併せて、名詞的な表現を動詞など用言へと寄せ、「墓地のみ栄え」「漏れ勝ちに」と助詞、接尾語などの「助辞」を加えることで漢語と外来語がごつごつとぶつかり合う原句の響きから和歌的調べを何とか引き出そうともしている。

草田男は「彎曲し」の句について、「造型という念頭操作作品であるために、『彎曲』と『火傷』の言葉が、徒らに派手」と批判する。「造型」という行為が従来の俳句にない語感を持つ漢語表現を生んだとする草田男の直感はある意味で鋭い。「爛れて撚れて」への言い換えでその「派手さ」が解消されるとは思えないが、草田男のうちにあったのは、「彎曲」「火傷」という〈漢語・外来語〉（以下〈漢語〉）の連続への違和感を〈やまとことば〉への変更で打ち消したいという欲望ではなかったのか。実際、この句に対しては

> 現在の広島《ママ》市の爆心地に当る部分を、現在のマラソンが、烈日に膚を焦きつつ、苦しげに走っている有様が、現在の平和感を基として、却って遡源的に激しく原爆投下直後の言語に絶する惨状を心眼にも彷彿とさした

とし、「徒に派手」な用語が「言語に絶する惨状」を活写していることを事実上、認めた上でこう記す。

内容的には、この作品は、貴君の作品中では確かに出色のものだと思います。それは、「原爆投下のあの事件」そのものが、われわれ一般の読者に共通の連想を誘発し共通の感銘を与える原動力となっているからです。「爆心」という言葉が、偶然にも「季題」のそれに近よった暗示の機能を発揮しているからです。

「爆心」という、〈やまとことば〉への置き換えが不可能な〈漢語〉表現が持つ「季題」に匹敵するはたらきを草田男は認めざるを得ない。にもかかわらず、取り上げた3句をすべて否定する最大の根拠は、いずれも明確な季題を持たない「無季」句であることだ。往復書簡の中で、草田男は「俳句性」を形成する「十七音形式」と「季題」のうち、兜太ら前衛派は「後者を御都合主義的にいとも無反省に捨て去った」と批難する。

たった十七音という極端な畸型的短形式が、それにもかかわらず立体的な完全態たらんとして、自ら生み出した内的拘束条件即内的充実条件がとりもなおさず「季題」であって、季題は一種の矛盾そのものなのです。

と俳句の「短形式」の本質的な有限性を指摘しつつ、季題の必然性を宣言するにいたる。

ここ「季題」の一点において、実作者は、あらゆる矛盾を克服し、そして新らしい「独自性」

にかがやく「現代の俳句」を誕生せしめつづけなければならないのです。

この論理自体、実存主義的な発想に添い、ここでは伝統という桎梏をニーチェ的な運命愛（ａｍｏｒ　ｆａｔｉ《アモル・ファティ》）で受け入れるという思想的態度を思わせる。山本健吉に「草田男はそのようなａｍｏｒ　ｆａｔｉを天性として持っているばかりでなく、その自覚を愛読したニーチェに負うている。—中略— 俳句の伝統的特質すらそれは時間的・歴史的に働きつづけてきた『必然《ことわり》』であるがゆえに、それは彼にとって『責務としてこれを負う』べきものである」（『定本 現代俳句』角川選書 １９９８年）と評された草田男であれば不思議はないが、兜太の伝統観とは全く相いれないものであることは確かだ。

◆草田男俳句の文体

もっとも草田男の添削結果をみる限り、不可思議なことに「季題」を加えようとした痕跡はみとめられない。実のところ２０１７年刊行の『季題別 中村草田男全句』（角川書店）をみても、草田男は少数とはいえ、この論争当時はもちろん、晩年まで継続的に無季句を作り続けた。ならば、言葉の表層で語られる建前論とは別に兜太に対する草田男の批判の根底にあったものは、むしろ〈漢語〉主体の名詞的表現の多さと、助辞によるつなぎの少なさへの違和感という文体的な問題ではなかったか。

草田男自身の句に目を転じるなら、山本健吉が『定本　現代俳句』で表題句として取り上げた作は26。うち代表作に挙げられることの多い

蟾蜍《ひきがへる》長子家去る由もなし

降る雪や明治は遠くなりにけり

万緑の中や吾子の歯生えそむる

を筆頭に8句は、中国や欧州語由来の音を持つ〈漢語〉を一句中に1語含み、切字も含むつなぎの助辞が多用されている。もちろん例外もある。〈漢語〉を2語以上含むのは

燭の灯を煙草火としつチエホフ忌

勇気こそ地の塩なれや梅真白

葡萄食ふ一語一語の如くにて

など6句。一方、

蜻蛉行くうしろ姿の大きさよ

猫の仔の鳴く闇しかと踏み通る

みちのくの蚯蚓短かし山坂勝ち

のように〈漢語〉がみられない句は12あり、全体で見ると〈漢語〉を含む句と〈やまとことば〉のみの句が均衡状態にある。そのなかでも人口に膾炙し、健吉がことに熱を込めて語った句に注目すれば、「漢語・外来語は一つ程度」――この文体が草田男俳句を特徴づける重要な要素のひとつと言ってよい。

たとえば戦後の作

いくさよあるな麦生に金貨天降るとも

は『定本 現代俳句』には登場しないとはいえ、直截な反戦句として数々の模倣作さえ生んだが、「金貨」という〈漢語〉の外は、万葉調のやまとことばを助辞で連ねる。明確な社会的主張を帯びた作だからこそ、バランス感覚から「漢語一つ＋万葉語」という草田男調の基本を成す文体を選択したとも解釈できる。

俳人の選句と文体との関係性は従来、あまり突き詰めて論じられていない。しかし、この添削の一件を見る限り、草田男は兜太の文体に反応して作品評価をしていたふし、が多分にある。一般的に、俳人は句の内容以前にまずその文体の様相を敏感に感じ取り、それに対する好悪の感覚から選句に入る可能性が実は高いのではないか。

◆虚子と〈やまとことば〉

対比のため、高浜虚子について考えてみる。山本健吉が『定本　現代俳句』で表題に取り上げた虚子の35句のうち、

遠山に日の当りたる枯野かな

など20句ほどは〈やまとことば〉のみが用いられ、〈漢語〉を用いた句も「白《はく》牡丹」「余寒」「遅日」「大根」「遍路」などは季題。それ以外の〈漢語〉は「花弁」「紅《こう》」「石階《せきかい》」「別」「棒」「右往左往」「菓子器」「爛爛と」「一語」程度で、その文体はあくまで〈やまとことば〉主体だ。

白牡丹といふといへども紅ほのか
箒木に影といふものありにけり

など助辞を多用した「諷詠」句が特に目立ち、和歌に接近した音調を感じとれる。〈漢語〉が複数見出せるのは「白牡丹」も含め

踏青や古き石階あるばかり

など5句程度。もちろん、ここでの虚子の句も山本健吉の選というバイアスがかかっている。後述するように膨大かつ多様な虚子の句世界には、〈漢語〉多用の例外も無数にある。ただ虚子にとって王道と言うべき文体は〈やまとことば〉が基調であり、一般にはそれこそが「虚子らしさ」というパブリックイメージの中核を形成しているといえる。他方、〈漢語〉は季題と

して用いるのが第一義のようにみえる。

その虚子が兜太の句について言及した記録が残されている。『虚子は戦後俳句をどう読んだか』（筑紫磐井編著・深夜叢書社 2018年）によると、「玉藻」誌上に1952年（虚子参加は54年）から虚子の亡くなる59年まで連載された「研究座談会」で当時の主要作家を順次論評し、57年2、8月号では深見けん二らを聴き役に兜太も俎上に上げられた。対象となった8句はいずれも兜太の代表句とはいいがたく、さらにほとんどが無季句のため、虚子は予想通り「俳句」でなく「十七音詩」という否定的スタンスを前提に臨んでいるのだが

縄とびの純潔の額を組織すべし
艦隠す青黒い森へ洋傘干す
鏡の前に硝子器煮える密輸の街

の3句については、「思想を現はすといふのも面白い。それはそれでいゝ」と少々驚きの発言をする。特に、純然たる漢語が「艦」一つ（「洋傘」は漢和混淆の〝重箱読み〟）にとどまる2句目は「一寸分かりにくいが、別に悪いとは思わん」。また漢語のない

舌は帆柱のけぞる吾子と夕陽をゆく

は、「『のけぞる吾子と夕陽をゆく』はいゝ、感じ。『舌は帆柱』が分らぬ」と一応の関心を示す。

他は4句中3句までが〈漢語〉を二つ以上含んでいることを考えると、無意識的ながら、〈漢語〉の使用が相対的に控えめな2句に虚子は親近感を抱いたとも感じさせる。

◆言葉の多様性と写生

こうした用語法に基づく文体の分析からは、〈漢語〉を作中に積極的に配し、助詞「てにをは」や助動詞などの助辞の使用を最小限に抑えたスタイルが前期の兜太を特徴づけるものとして浮かび上がる。兜太92歳の折に上梓された『金子兜太　自選自解99句』（角川学芸出版）に登場する句について試算してみると、『生長』『少年』『金子兜太句集』『蜿蜿』『暗緑地誌』の前期5句集から48句が入集しているが、うち〈漢語〉を1語含む例は14、2語が12、なし10、3語が6、4語が4などとなる。

白梅や老子無心の旅に住む　『生長』
水脈《みお》の果て炎天の墓碑を置きて去る　『少年』
原爆許すまじ蟹かつかつと瓦礫あゆむ　『金子兜太句集』
青年鹿を愛せり嵐の斜面にて
銀行員等朝より螢光す烏賊のごとく
果樹園がシヤツ一枚の俺の孤島

どれも口美し晩夏のジャズ一団　『蜿蜿』

暗黒や関東平野に火事一つ　『暗緑地誌』

のような〈漢語〉2語以上が45・8％と半数近くを占め、虚子、草田男との差異を際立たせる。

ここまでの〈漢語〉数については、漢字の音訓読みの組み合わせで一語をつくる場合は漢語0・5語とみなし、固有名詞は語源なども考慮するなどして判断した。そもそも、〈漢語〉という概念自体、ここでは厳密な意味で中国由来の語か否かの視点より、音韻性に着目して漢字や外来語由来の音が持つ語感に焦点を合わせて捉えている。

ただ冒頭に掲げた「白梅や」の一句をとっても、「しらうめ」と読むか「はくばい」と読むかで〈漢語〉数は変化する。『東国抄』までの全句集の掲載句を網羅した『金子兜太集　第一巻』〈筑摩書房〉でこの句に読み仮名はふられていない。この一事をとっても、〈漢語〉数には読む側の判断が介在せざるをえず、定量的な分析の対象とすることの実証的な意味については慎重な評価が必要だろう。特に本論では、漢文や中国語の専門家ではない筆者の判断が含まれ、「試算」の域を出ないことが大前提である。

反面、この作は漢詩を思わせる句柄から「はくばい」と読むことが自然とも思えるが、残された映像や周囲の記憶でも兜太自身は一貫して「しらうめ」と読んでいたようだ。このことは兜太自身のうちに日本語が〈漢語〉と〈やまとことば〉のつづれ織りという意識があり、音読みと訓読みを混在させることでその多言語性を自らの句の調べとすることへのこだわりの現れとも解釈できる。時系列に沿った大まかな傾向性を示すものにすぎないとしても、〈漢語〉数の分析を行うことは兜太俳句の本質を考えるにあたって一定の意義があるものと考える。

なお個別論として、たとえば「スタートダッシュ」は「スタート」と「ダッシュ」の2語と数えることも可能ながら、日本語では一体化して固定した表現となっており外来語1語相当とした。逆に、後期の句に登場する「定住漂泊」は通常結びつかない〈漢語〉をあえて結合した兜太の造語ゆえ2語と扱い、「荒凡夫」は訓読みの「荒」＋〈漢語〉「凡夫」だが、一茶独特の組み合わせと解し〈漢語〉数は1とみなすなどの考え方をとっていることも付記しておく。

柄谷行人は『定本 日本近代文学の起源』（岩波現代新書 1988年）の「第2章 内面の発見」で正岡子規が提唱した写生論に関連して次のように指摘する。

> 子規自身も絵画（油絵）における写生を見習ったといっている。だが、実際に彼が俳句にかんして「写生的」とか「絵画的」というとき、すべて言葉にかかわっている。たとえば、子規が蕪村の句や実朝の歌が写生的だというとき、彼が意味しているのは、むしろ、彼らの言葉、すなわち、彼らが漢語を使っているということ、あるいは助辞が少なく名詞が多いということである。そして、和歌の腐敗について、子規はいう。《此腐敗と申すは趣向の変化せざるが原因にて、又趣向の変化せざるは用語の少なきが原因と被存候《ぞんじられ》》（「七たび歌よみに与ふる書」）。それゆえに、「用語は雅語俗語洋語漢語必要次第用ふる」というのである。

要するに、子規にとって「写生」において大切なのは、ものよりも言葉、すなわち、言葉の多様性であり、その一層の多様化であった。そのことを理解していたのは、多種多様な言葉をふんだんに使った漱石だけである。

子規自身、俳句革新のマニフェストとして記した「俳諧大要」（1895年）で次のように主張した。

一、句調のたるむこと一概には言ひ尽されねど、普通に分りたる例を挙ぐれば虚字の多きものはたるみやすく、名詞の多き者はしまりやすし。虚字とは第一に「てには」なり。第二に「副詞」なり。第三に「動詞」なり。故にたるみを少くせんと思はばなるべく「てには」を減ずるを要す。

現代の歌人・大辻隆弘は『子規から相良宏まで』（青磁社 2017年）で、俳句での成功体験に立脚して短歌革新事業へと次の一歩を踏み出した19世紀末の子規の戦略を分析している。大辻によると、子規は目標実現の要として短歌における「透明な文体」の確立を主張した。

それは一言で言えば、ごちゃごちゃとした含意の入らない文体です。人の思惑とか、不必要なニュアンス、そういったものを含まないでもっとすっきりと映像なり伝えたい事が伝わるような文体。

その実現に向けた突破口が「過剰な助辞の排除」であり、その延長線上に「名詞の重視」、さらに「漢語の尊重」というテーゼが続いていく。

王朝和歌由来の「てにをは」の綿々たる抒情を削ぎ去って、もっと明確なイメージが立ち上がってくる名詞。その名詞を主体にして和歌の文体を作り直そうとした。よりシャープな近代短歌の文体に変えようとした。

子規がまず俳句の革新に着手したのも、俳諧が短歌から分離独立して生まれ、本質の部分に短歌へのアンチテーゼが確固として存在するからだ。1898（明治31）年に短歌改革に手を染めた際の「八たび歌よみに与ふる書」では、源実朝の「武士《もののふ》の矢並つくろふ小手の上に霰たばしる那須の篠原」を称賛しつつ、次のように記す。

普通に歌はなり、けり、らん、かな、けれ抔の如き助辞を以て斡旋せらるゝにて名詞の少きが常なるに、此歌に限りては名詞極めて多く「てにをは」の「の」の字三、「に」の字一、二個の動詞も現在になり（動詞の最短き形）居候。此の如く必要なる材料を以て充実したる歌は実に少く候。

また97（明治30）年、「若菜集の詩と画」という文章では、当時話題を呼んだ新体詩の分野から、島崎藤村の作をこう批評する。

集中

一句名詞を以て終る者極めて少し、故に孱弱《せんじゃく》なり。句中にてには助字多きも亦孱弱ならしむる所以なり。宋詩の唐詩に及ばざるもこれが為なり、和歌の俳句に如かざるもこれが為なり。

芙蓉を前の身とすれば泪は秋の花の露
君から紅の花は散りわれ命あり八重葎

の如き句なきに非るもそは極めて稀なり。巻を拡げて一見するも天馬の詩は字の密なるを覚ゆ。是れ漢字が多きが為にして、漢字多きは名詞多くてには少なきを證す。天馬の句法最もしまりたるは此故なり。

子規のイメージする「客観に基づく写生」では、日本語の中で主観がこもりやすい〈やまとことば〉、なかんずく助辞の使用を極力避けることに大きな力点があった。

◆日本語の多言語性

日本語における〈漢語〉の位置付けについて刺激的な議論を展開するのが現代書家の石川九楊である。その著書『〈花〉の構造―日本文化の基層』（ミネルヴァ書房　２０１６年）では、現代の日本語は、〈やまとことば〉が起源の「ひらがな語」と中国が起源の「漢字語」という二つの楕円体から成り立っていると捉える。日本語が漢字の「訓読み」を発明したことにより、二つの楕円体は一部重なり合うが、完全に一致することはなく、二つの中心を持つとする。

つまり、漢字とかなという複数の文字を併存させる、世界でも特異なこの言語の本質に「多言語性《マルチリンガル》」を見出すまなざしだ。こうした日本語観に基づく創作こそ、多和田葉子、リービ英雄らがいま取り組んでいる最尖端の文学的営為なのである。日本文学が世界文学としての存在を鮮明にする上で、用いる言葉がはらむ多言語性の創造的活用を思想の深さにまで掘り下げることが、今や主要な戦略となった感もある。

石川によれば、日本において、ひらがな語と漢字語はそれぞれの守備範囲を持つ。海外から日本にもたらされた仏教、儒教、道教などの宗教・思想や哲学、政治制度、科学などをめぐるほとんどすべての概念は基本的に漢字語でしか表現できない。「憲法」「形而上学」などの抽象度の高い言葉はもとより、「愛」「蝶」という日常語さえ、端的に言いとめるひらがな語は今はない。半面、ひらがな語は四季の移ろいや感情表現について微妙なニュアンスを表現可能である。ここで注意すべきなのは、助詞・助動詞などの「助辞」はすべてひらがな語＝〈やまとことば〉である点だ。

このため、本居宣長以来の国学者は日本語文法を体系化しようとして、漢字語が幅を利かす名詞や動詞、副詞などを「詞」、助辞を「辞」にそれぞれ分類した。「詞」は論理的、概念的な〈漢意（からごころ）〉、「辞」は情緒的な〈やまとごころ〉を表現するはたらきにたけていると説いたのである。

日本文学もまた歴史上、「漢文学」と「ひらがな文学」に分かれて存在してきた。思想や政治をテーマとする場合は前者、恋愛や自然の美を表現するには後者という「棲み分け」がなされ、ひらがな文学の典型である短歌は原則的に〈やまとことば〉のみを用い、（性）愛と自然の風物や四季の移ろいを巧みにリンクさせて描くことが理念型となった。逆にひらがな語にこだわる以上、自然か恋愛しか描けなくなるともいえる。俳句において、自然のみにこだわる虚子が、文体面で〈やまとことば〉に傾斜したのは必然といえる。その選択の結果、ますます俳句は自然しか取り扱えなくなる。単純に「思想」的なもののあからさまな表現の忌避という〝政治的〟判断のみならず、〝文学〟論としての文体の是非という側面からも、ホトトギス雑詠欄に社会性俳句が入る余地はほとんどなかった。

◆文体の社会性

逆の意味で社会性俳句を実践し、社会や政治、思想をわだかまりなく俳句で描こうとした兜太が漢語・外来語・俗語を多用したのも当然である。俳句の世界を広げることは、必然的に用語の多様性を追究することに直結した。

白い石ごろごろニコヨンの子が凍え
帽のふちにつぎつぎ従属国の裸木
激論つくし街ゆきオートバイと化す
海の陽の空地に彼等の過剰なドリル
思惟より抜けて街空蛇行の深夜花火
人刺さぬ短刀《どす》落ちていて霧のぼく等
何処か扉がはためくケロイドの港
無臭の陶器ちらばる中年の原爆病者
デモ流れるデモ犠牲者を階に寝かせ
金星ロケットこの日燦燦とパンむしられ

『少年』

『金子兜太句集』

「彎曲し」「華麗な墓原」などの句を収めた『金子兜太句集』を刊行し、造型俳句論を打ち出して、草田男との論争に挑んだ当時の兜太の用語法・文体こそ、俳句・短歌革新を打ち出した当時の子規が構想した新たな文芸観の延長線上に存在していた。

従来、俳句の基本的なあり方を示す概念は、「(客観)写生」「花鳥諷詠」「社会性」など、作者が創作に当たってとる姿勢の問題として語られてきた。しかし、言葉に始まり言葉に終わるのが文芸である以上、「子規にとって『写生』において大切なのは、ものよりも言葉」という柄谷の指摘は正鵠を射ている。一句を「写生句」また「社会性俳句」とする場合も、内容に基づく分類である前に、語彙について多言語性が前提となる日本語でいかなる「用語法」をとっているか、の視点を決して欠くべきではない。

この前提に立つとき、一句に〈漢語〉を取り入れれば幅広いテーマを取り込め、おのずから抽象性や思想性、社会性をも帯びる一方、読み手には難解と受け止められやすい。日本人には歴史的に漢字語（で語られる内容）は難しいという意識が刷り込まれているからだ。

これに対し、用語を〈やまとことば〉に限れば、主題は自然やその周辺の人情・風俗の具体的な描写に限定されるものの、読む側は「分かりやすい」「繊細だ」と感じる。俳句が世界最短定型詩である以上、他のジャンルにもまして文体が作品全体を決定づけることは当然なのである。

従来の俳句論は創作姿勢やテーマにばかり目を向けがちで、「写生」であれ、「前衛」であれ、議論が常に創造の現場にまつわる神秘論、宗教論的な色彩を帯びやすい。外部から「第二芸術」「家元芸」などの批判が生まれる余地もそこにある。そもそも俳句が言葉の芸術である以上、作者の姿勢や内容で分別し、枠から漏れるものは俳句と認めないという狭量自体、反芸術的である。あくまで言葉の問題として語と語の連続と分断、それが織りなす用語と文体の姿をそのまま捉えることこそが正しい姿勢ではないだろうか。

◆特異点としての兜太

漢語や外来語、新語を大胆に作中に取り入れた清新な用語で「社会性俳句の旗手」と称された兜太だが、当時でも

白い人影はるばる田をゆく消えぬために　『少年』
わが湖《うみ》あり日蔭真暗な虎があり　『金子兜太句集』

などがあった。〈漢語〉はみあたらず、訓読みの〈やまとことば〉のみが用いられている。それはそれで兜太俳句の主流をなす作風から少々外れた抒情とポエジーを感じさせる作と評されてきた。

粉屋が哭《な》く山を駈けおりてきた俺に

草田男が手の施しようがないと酷評したこの句にも、〈漢語〉が一切ない。動詞や助辞が多用され、添削しようにも逆に草田男には突っ込みどころのない文体だった。内容的にも実体験をそのまま即興的に描き、その意味で「純粋写生」といってよい。虚子は明治期、ライバルの河東碧梧桐らに「『ぼーっ』として『ぬーっ』とした句をもっと作れ」と求めたとされるが、当時の兜太の稠密で意味性に満ちた作風と裏腹に、その「ぬーっ」とし、「ぼーっ」とした句に近い映像の現前性を感じさせる。あえていうなら、それを〝真面目〟な草田男が受け付けなかったのではないか。

これらの作は〈漢語〉を大胆に駆使する前衛的な社会性俳句の旗手としての兜太像を前提と

すれば、まず文体的に、さらには内容的にも主流というよりは周縁的な座標を感じさせる。ここで改めて浮上するのが、そこから40年の歳月をへだてて詠んだ

おおかみに螢が一つ付いていた

である。やはり文体上は〈漢語〉を一切含まず、〈やまとことば〉のみで構成されるが、終辞「た」のはたらきで、現実の一瞬を切り取ったというほかない現前性が立ち現れる。日本ではすでに絶滅した「おおかみ」を魔術的な力を持つ「た」との組み合わせで俳句空間に出現させつつ、それに「ぬーっ」とし、「ぼーっ」とした現前性以上の意味を持たせない。その点は「粉屋」と通底するが、文体論でいうならば「俺」という語りの主体の存在を消した語りである分、「生きもの感覚」的な「ぬーっ」「ぼーっ」性が増す。まさに「存在者」として世界に立ち上がる。それも助辞「た」の効用といえる。

この一句を示されたとき、彼岸の草田男は「粉屋」の句同様、添削のしようがないと切り捨て、片や虚子は季重なりの口語調に戸惑いつつも魅力を覚えるのではないだろうか。

ここで翻って

彎曲し火傷し爆心地のマラソン

を思い返したとき、一句中に〈漢語〉を四つまで配し、暗喩をこらした重層的な意味性を担うこの作が、対極の意味でやはり「異端」の存在であったことに気づかされる。兜太が自選・自

解した99句のうち、一句中の〈漢語〉数の最大値は4となる。該当する作は他に3句あり

果樹園がシャツ一枚の俺の孤島　『金子兜太句集』

犬一猫二われら三人被爆せず

二十のテレビにスタートダッシュの黒人ばかり　『暗緑地誌』

と「前期」、それも「前衛俳句」時代とされる期間に集中しているが、いずれも明確な季題・季語を含まない無季句である。

「彎曲し」について、兜太との公開往復書簡で添削を加えつつ批判した草田男だが、その際、四つの〈漢語〉それぞれの問題点を指摘した。「弯曲《ママ》」「火傷」についてはは「徒に派手であって、しかも、観念的に傾いて固く、実感をはこぶにはやや縁遠いのです」、「爆心地」は「そこを一種の記念地とするような感銘語としてしか響きません」、句末の「マラソン」も「『マラソンという催し物』という語感にひびき勝ち」といった具合である。日本人が〈漢語〉に抱きがちな「派手」「観念的」「実感から遠い」などの感触そのままの受けとめ方だ。

一方、草田男はこの句では原爆投下という題材が「一般の読者に共通の連想を誘発し共通の感銘を与える原動力」であり、それを支える言葉「爆心」が「偶然にも『季題』のそれに近よった暗示の機能を発揮している」ことを認める。この草田男の言には、日本語のうちに〈漢語〉が用いられた場合に際立つ、観念的で抽象性を帯びた存在感が、季題に匹敵する暗示や暗喩のはたらきをする事実への戸惑いが現れているといってよい。

この観点から他の3句をみると、それぞれ「孤島」「被爆」「黒人」という〈漢語〉が季題に相当する詩的奥行きをはらみ、読者の想像力と共感を刺激する言葉たりえている。その結果、無季でありながら、全体で俳句として成り立っているのである。前期兜太が虚子や草田男と一線を画し、前衛俳句の特徴ともされた「無季」という要素が〈漢語〉の存在によって補償されていた一面を実感できる。

こうみていくと、兜太の前半生と後半生をそれぞれ代表する「彎曲し」と「おおかみに」の両句は、いずれも兜太が王道とする文体からむしろ外れた両極端の存在である。自身のうちの正反対の「異端」が自らを代表する、という俳人として極めて特異な存在の仕方を兜太はしている。そこにさまざまな多様性を包み込み、束ねる「存在者」としての魅力の本質があると感じられる。

第四章　〈漢語〉の造型性と思想性

　前章では〈漢語〉と〈やまとことば〉の用法に現れた個性を切り口に、兜太俳句の文体的特質を高浜虚子や中村草田男らとの比較で浮かび上がらせようとした。漢語の多用が前衛俳句の旗手として華々しく登場した兜太の俳句に「特異性」をもたらしていた。それは結果的に、多言語性《マルチリンガル》を自らの内にはらみつつ、1500年を超える歴史の中で培われてきた日本語による表現の豊かさを汲み、その最大値を模索する役割を兜太にになわせることになった。

　兜太俳句のこうした特殊さは従来の俳壇的価値観と相いれない面があった。兜太の二代後に現代俳句協会長を務めた宮坂静生は兜太没後、半世紀を超える交流を振り返り、出会いの当時、それまで親しんできた

　梨咲くと葛飾の野はとの曇り　　水原秋櫻子
　みちのくの伊達の郡の春田かな　　富安風生

などの句と比べ、「兜太俳句はごつごつしていて、俳句界で一番下手な俳人じゃないかと思っ

ていた」と語った（イベント「兜太を語り TOTAと生きる」）。そこで宮坂が念頭に置いた兜太句とは、中村草田男が強引な添削で〈やまとことば〉調への置き換えを試みた「彎曲し火傷し爆心地のマラソン」のように〈漢語〉を多用し、助辞を省く文体を基調とするものだったにちがいない。

人体冷えて東北白い花盛り

にさえ、風生の「みちのくの」の句との比較で「人体」という〈漢語〉に違和感を持ったという。〈やまとことば〉の連綿たる連なりが、多言語性を特色とする日本語の文体の選択肢の一つにすぎないにもかかわらず、子規が批判した旧来の短歌的な用語法を「巧い」と捉える理解が昨今の俳句の世界でもなお通念化しているのである。

兜太の用語の特異性は一面で、文学が本来直面すべき題材――たとえば社会的なものと個人との葛藤――と向き合う戦後知識人に共通する内面の苦闘の中から生まれたものであり、兜太個人の問題にとどまらない時代性を帯びてもいた。社会性俳句の代表作として挙げられる次のような作を読み返すにつけ、それが実感される。

塩田に百日筋目つけ通し　沢木欣一
白川村夕霧すでに湖底めく　能村登四郎

1955年に発表された両句に登場する基本的な素材は、花鳥諷詠における自然詠（自然の中に生きる人々をめぐる人事詠をも含む）と大きな違いはない。ただ「塩田」「湖底」といった〈漢語〉は、旧来的な俳句観からは多少なりとも異質で、当時は「巧さ」という規範からはみ出た要素として受け止められただろう。

反面、〈やまとことば〉への言い換えが難しいが故に、俳句に取り上げられることの少なかったモチーフに正面から立ち向かっている。戦前・戦中を自ら実体験しつつ、戦後の根本的な価値観の転換に直面した世代にとって、俳句文体の中で〈漢語〉をどう位置付けるかの問題は、個々の俳人が戦争と戦後をどう消化していったかという点と密接に関連していた。

水のテーマに滅びた国の軍艦浮く　林田紀音夫
事務器でなく火の弦となりささくれよう　堀　葦男
ジャズで汚れた聖樹の雪に詰め込む密語　稲葉　直
えっえっ啼く木のテーブルに生えた乳房　島津　亮
ちびた鐘のまわり跳ねては骨となる魚　赤尾兜子

59年2月に角川「俳句」が特集した「難解俳句とは何か」で前衛俳句の代表として紹介された中から、筑紫磐井が取り上げた以上の作品群（「角川『俳句』60年を読む」『戦後俳句の探求〈辞の詩学と詞の詩学〉』ウエップ２０１５年）の作者は奇しくも赤尾兜子以外、兜太が立ち上げた「海程」に結集した俳人である。そして兜子以外の4句はいずれも〈漢語〉の存在感が半端ない。一般に前衛俳句ではシュールな造型性が注目されがちである。しかし、それを下支えしているのは、隠喩性に富んだ漢語、外来語の力であり、〈漢語〉の用法こそが「前衛性」を演出する原動力だったことをうかがわせる。「滅びた国の軍艦」「火の弦」「ジャズ」など敗戦と戦後を連想させるイメージがそうした言葉によって表現されている点で戦後性を背負うものでもあった。

この特集に先立つ５年前、俳誌「風」１９５４年11月号のアンケートに答えて、兜太は「（俳句の）社会性は作者の態度の問題である」とする有名なテーゼを打ち出した。この兜太の一言が俳壇全体を巻き込んだ「社会性論争」を巻き起こし、兜太のいう「態度」に対応した表現のあり方を模索する中で「前衛俳句」の試みも生まれてきたといってよい。

ここで兜太は、社会性について俳句性と対立するものではなく、作者の生き方に直結するという意味でより「根本の事柄」と規定する。社会性は単なる素材とし、また意図的に追求せずとも自然に句に反映されるとする立場の皮相を批判する一方、社会性俳句の作者を「主義者」と決めつける悪意が存在する現実を「二三本毛の足らない残念な風景」と歯切れよく切り捨てる。そこには「その生き方を支える思想は、生きざまのなかに溶け込み、態度といえる状態となった時に俳句に書ける」（安西篤『金子兜太』）という根本的な思いの脊梁が一本通っている。

もっとも、それがしばしば文学論の本質である「言葉の問題」というより、人間観や人生論など倫理哲学的な次元で理解されるきらいが俳句界の内部にもあった。序章でも取り上げた兜太の人間像が、哲学なり社会思想の語り手として極めて魅力的であることは論を待たない。ただその評価が文学の枠をはみ出し、思想家やインフルエンサーとして独り歩きしてしまうことは、俳人という「究極の言葉の遣い手」としての兜太像をむしろ曖昧にしかねない。
ここでの議論に即していえば、社会性という問題は、それを態度にまで消化しえた者が「俳句を書く」という具体的な文学活動の次元で、たとえば〈漢語〉の積極的な使用による和歌的抒情からの決別という「言葉の問題」として具現化するほかない。端的にいえば、俳句の社会性は個々の作で、たとえば社会的なものの表現を担う〈漢語〉をどれだけ用いるかという言葉の選択の問題として客観的に立ち現れるということである。兜太はそれを理論として語るのみならず、実作における俳句の語彙と文体の多様性開拓という実践的な問題として自ら向き合い、多数の作品を創りあげた。突き詰めていえば「文学とは言葉」であり、その言葉を担う存在として金子兜太という俳句史上の現象を理解していく――それこそが本論の最大のテーマであることを明記しておきたい。

◆兜太の自己添削をめぐって

1965年にカッパ・ブックス（光文社）の一冊として出版された『今日の俳句』は「前衛」俳句と大衆文化が決して乖離した存在ではなかった当時の時代性を示すひとつの証拠である。そこでは、兜太の作句作法を知る上で貴重な自己添削の実例が明かされる。

A 玉 葱 こ ろ ぶ 干 潟 に 集 う 青 年 等

B 青年等集う玉葱の干潟
C 青年強し干潟に玉葱踏み荒し
D 青年強し干潟に玉葱腐るとも
E 強し青年干潟に玉葱腐る日も

という経過を経て、『金子兜太句集』所載の一句がEの成案を得るまでの表現のありようが文字通り言葉の問題として語られるのである。通常は「描写」から「イメージ」への進化＝深化という座標軸に沿った造型俳句論の適用事例として、「ものと主体の関係」に焦点を絞って理解されがちな部分だろう。ただ「子規にとって『写生』において大切なのは、ものよりも言葉」という柄谷行人の見地に立てば、兜太が句の最終形としたEの次に

F 蒼く腐る干潟が意思の青年容れ

を実験的なイメージの「第六の句」として挙げながら「これは捨てた」の一言で切り捨てていることに注目したい。実はA～Eの五句とFとの間には文体上に大きな断絶がある。前者ではいずれの場合も〈漢語〉が一句当たり1語（青年）存在するが、Fでは2語に増えた。その段階で兜太は、さらなる添削の可能性を放棄しているのである。

『今日の俳句』では、『蜿蜿』に収められた

打音のビル耳にみどりの昆虫いて

という句についても同様の添削過程が解説される。

A　打つ音がビルにひねもすひびくなり
B　耳とざす打音ひねもすビルにいて
C　耳に虫いるかもしれぬ打音のビル
D　みどりの虫耳ふかくとび打音のビル
E　打音のビル耳にみどりの昆虫いて
F　みどりの昆虫となる耳底の打音

その際、「強し青年」の句と同様、

A「描写が素朴なとき〈描写1〉」
B「描写のなかに主観がすこし顔を出したとき〈描写2〉」
C「描写が主観によって押しのけられたとき〈描写3〉」
D「イメージの素朴なとき〈イメージ1〉」
E「完成したイメージ〈イメージ2〉」
F「実験的なイメージ〈イメージ3〉」

と各段階の性格を説明している。段階を追うに従って「素朴」から「重層的」なものへの方向性がたどられるが、これに従って「虫《むし》」「打つ」「ひねもす」などの〈やまとことば〉が、「打音」「昆虫」という〈漢語〉に置き換えられていく。それに従い一句の圧縮度が増していく観がある一方、外来語を含む〈漢語〉の数自体Aは1（「ビル」）、B～Dが2（「ビル」「打音」）、Eは3（「ビル」「打音」「昆虫」）と順を追って増え、Fで初めて2（「昆虫」「打音」）に反転して減るところで添削は打ち切られる。

以上二つの添削例を見ると、兜太の俳句造型という作業においては、映像が「素朴」→「重層」という方向性で書き換えられるが、それは文体的に〈漢語〉を増やす過程と重なり合う。さらに兜太のうちで重層化の作業を打ち止めとする際にも〈漢語〉の数の変動が伴う。

アルファベットなどと同様の表音文字である仮名に対し、象形文字を起源とする漢字は一字一字が明確な意味を持つ表意文字である。多くは、一字が他の表意文字と組み合わされることで漢語一語を構成する。音声が漢字を交えた文章へと移行する過程は、「描写→イメージ」「素朴→重層」という兜太が言うところの俳句造型のプロセスと重なり合う。

ソビエト・ロシアの映画監督セルゲイ・エイゼンシュタインが、脈絡のない二つの映像をぶつけることで新たな意味の創出を試みる自らのモンタージュ理論について、日本の「漢字」や「俳句」などからヒントを得たと述べていることも思い起こしてもよい。〈漢語〉の扱いと俳句造型という作業は、おそらくは兜太が自覚していた以上に、密接に関連し合う関係にあった。

◆〈漢語〉に潜む「政治」性

梅雨空に「九条守れ」の女性デモ

の一句は、2014年に日本国憲法九条擁護を求めるデモが行われた事実を詠んだ内容が一部から問題視され、恒例とされてきた自治体の「公民館だより」への掲載が拒否された。作者がさいたま市を相手取り行政訴訟を提訴したことで社会的関心を集め、俳句における表現の自由の問題を考える試金石と位置付けられた。

この問題をきっかけに生まれた中日・東京新聞紙上での「平和の俳句」公募に選者とした関わった兜太と作家のいとうせいこうは2016年4月、埼玉・秩父で行われた恒例の海程俳句道場で対談した。そこで兜太は憲法問題に代表される、日本語においては〈漢語〉でしか表現不可能な政治的、社会的問題と俳句の関係性について語った。

いとう　憲法の条文もそうだが、「法律の言葉」は最も詩・文学から遠い言語という既成概念がある。

兜太　自分には「憲法九条」のような法律用語が俳句に使いにくく、俳句用語と「人種」が違うという考え方がない。

いとう　だから、社会性俳句が書けるのではないか。

兜太　イデオロギーも日常性で消化して、社会性として言葉が入ってくることを認める。イデオロギーそのままは駄目。憲法などは日常の中に消化されていないとおかしい。法律用語として特別視するのは日本人の後進性ではないか。本当の進歩性は、そういうものを日常の中に呑み込むことを意味する。

いとう　日本語では法律は漢字と片仮名の漢文調で書かれ、為政者は漢字で政治的なこと、庶民はひらがなで生活を書く文化が続いてきた。司る側の人間が言語を勝手に分け、ここからは庶民は近寄るなということだ。そこを兜太さんは「立ち入ればいい、俳句の中に入れて消化してしまえ」と言う。

兜太　その通り。言葉は区別しない。動物や虫などに関する言葉をわれわれは軽い差別感を持って使っている。「毛虫」とか「げじげじ」とか。でもそういう気持ちを排除して使う。それは言葉においても然り。然り中の然り!!　俺は秩父の田舎っぺだから、秩父のせいではないか。

いとう　言語に対して平等なのだと思う。自分の場合、詩の言葉と法律の言葉が一番遠く、越境させるのに作為が必要と考えてしまう。普通の人たちは越境させられるとさえ思っていない。詩の言語はあらゆる言語の中で一番大きな受け皿ということだろう。

兜太　そうそう。まあ呑んじまえということだ。

こうした兜太やいとうの熱い思いが実を結ぶ形で、地裁から最高裁まで原告が勝訴し、最終的に公民会報に掲載もされた。対談で兜太は、〈漢語〉で語られる政治的・社会的な題材と、自然をめぐる〈やまとことば〉優先の花鳥諷詠的題材を峻別し、「人間／自然」の二項対立の関係に押し込め、一方を「差別」する姿勢に、「生きもの感覚」という文字通りアニミズムに即した立場から批判を加えている。

俳句定型は通常、詩語とは最も遠い位置にあるとみられがちな法律用語さえ呑み込んだ上で一句を詩たらしめるという圧倒的な信頼感が兜太にはある。若手俳人が生前の兜太から「俳句は17音とか、季語とか気にしなくていいんだ。ぶっこみゃいいんだよ」とアドバイスを受けたという挿話にも、それはうかがわれる。

いとうと兜太の対談で浮かび上がったことの一つに「詩としての俳句」を詩たらしめる源を語る際の、両者の微妙な立場のずれがある。「詩の言語はあらゆる言語の中で一番大きな受け皿」と語るいとうが「詩語」の持つ言霊的な力を前提にするのに対し、兜太の場合、むしろ詩語／俗語の対立的な枠組みを無効化したうえで、「定型」に「ぶっこみ、呑み込ませる」ことを重視する。そこには散文を主舞台とするいとうと、「自分自身が五七五」と語る兜太の立場の違いが反映されているのかもしれない。

この対談を生む発端となった一句を読み返すと、「九条」「女性」「デモ」という漢語と外来語が俳句定型にぶっこまれている。対談の中でいとうが指摘した通り、司る側の人間が言語を漢字語とひらがな語に勝手に分け、「漢字語で語られる問題に庶民は触れるな」と通告した、というのがこの事件の本質では、と気付かせてもくれる。

「漢字語」と「ひらがな語」の二つの焦点を持つ楕円体としての日本語では、それぞれが男性／女性にふさわしい文体とみなされてきた。有名な例として、かな文化が確立した平安期に、紫式部が実際には面識のない清少納言を「したり顔にいみじうはべりける人。さばかりさかしだち、真名書きちらしてはべるほども、よく見れば、まだいとたらぬこと多かり」とし、さらに「そのあだになりぬる人のはて、いかでかはよくはべらむ（そういう浮薄なたちになってしまった人の行く末が、どうしてよいことがありましょう）」と非難した。

これが「枕草子」のなかで白居易の「香炉峰の雪」をめぐる定子とのやりとりを描いた少納言に対し、真名＝漢文の知識をひけらかす、自己顕示欲の強い女性という負のイメージを与え、女性は「ひらがな語」で表現可能な「自然や家庭、そして恋愛」の世界にとどまり続けることがふさわしいという社会的規範の補強材料となり続けてきた。ジェンダー論的視点からは〈漢語〉が多用され、「女性デモ」がテーマの一句に対し、無意識的にであれ、旧来の価値観に凝り固まった「権力者」への過度の「忖度」に傾斜した対応を当局者が余儀なくされた可能性を思わずにはいられない。

◆俳句弾圧と〈漢語〉

戦前・戦中の俳句弾圧事件において、治安維持法違反で１９４０年8月末に検挙された西東三鬼は戦後の59～60年、角川「俳句」誌上に発表し、単行本『冬の桃』（毎日新聞社 77年）などに収められた一文「俳愚伝」で

昇降機しづかに雷の夜を昇る

という自作を、特高警察に「雷の夜すなわち国情不安な時、昇降機すなわち共産主義思想が昂揚する」とこじつけ的に解釈された上、「新興俳句は暗喩オンリー、暗号で『同志』間の闘争意識を高めていたもの」と決めつけられた経緯をリアルに記している。三鬼によれば、特高の担当者は自身が「要視察人であった某新興俳人を強要して講師とし、六か月間新興俳句解釈法なるものを学んだ」と主張したという。

同書での三鬼の回想をたどるにつけて、こうした〝魔女狩り〟そのものの弾圧では、花鳥諷詠を旨とする伝統俳句をはみ出す要素が標的とされた感がある。新興俳句を特徴づけた「無季」もその一つだったが、この句は有季である。一方で「昇降機」という〈漢語〉でもたらされるイメージの重層性が花鳥諷詠とは一線を画している。「雷」も「らい」と〈漢語〉として読むのが韻律的に自然だろう。40年春刊行の彼の第1句集『旗』の「昭和十二年」の章に「雷」連作として収められた作だが、他の2句は、

屋上の高き女体に雷光る
雷とほく女ちかし硬き屋上に

であり、「昇降機」は「雷」ともどもむしろ都市生活の孤独感の内に膨らむセクシャルな情念の表象としか読むことができない。問題の句もエロチックな感興の秘めやかなもり上がりの暗

喩表現と受けとめるのが自然だろう。にもかかわらず、牽強付会そのままに「共産主義思想の昂揚」と解釈された背景には、〈やまとことば〉による諷詠調と一線を画し、思想や政治など抽象的な概念をも表現可能でかつ暗喩的イメージを内在した〈漢語〉を含む文体がまた「危険」視された側面があったにちがいない。

そもそも俳句における〈漢語〉の多用は、三鬼が参加した新興俳句において顕著だった。兜太の「彎曲し」のように一句中4語に達する極端な例は別としても、三鬼が「俳愚伝」で弾圧直前、新興俳句の牙城となっていた「京大俳句」の空気を伝えるべく、紹介した次のような反戦もしくは厭戦的な句の数々では〈漢語〉の存在感が際立つ。それは「戦争」「銃後」を主題とするために避けて通れない選択であった。

我講義軍靴の音にたたかれたり　井上白文地
千人針を前にゆゑ知らぬいきどほり　中村　三山
軍需工の列を凝然と見て過ごす　平畑　静塔
墓碑生れ戦場つかの間に移る　石橋辰之助
一兵士はしり戦場生れたり　杉村聖林子
憲兵の前ですべってころんじゃった　渡辺　白泉
戦争身近に拳闘を叱咤する　三谷　昭
熱い味噌汁をすゝりあなたゐない　波止　影夫

リトヴィノフは葡萄酒じゃないぞ諸君　仁智　栄坊

砲音に鳥獣魚介冷え曇る　西東　三鬼

三鬼は同じ「俳愚伝」で、1937年に山口誓子が発表した

夏の河赤き鉄鎖のはし浸る

という一句について

私はこの作品に、作者の強烈な意志をみた。季題という濡れた叙情に馴れていた俳句の分野で、この作品のもつ意志は、全く新世界の発見であった。加うるに、私は無季俳句の確立という野望をもって、その実験時代であったから、この乾燥した、男性的意志の表現は、超季感となって、私を圧倒したのである。

最初にこの句に接したのは、東京であったが、その後、大阪の土地を踏み、自分の眼で純粋な資本主義都市をみるに及んで、この句の内蔵する、ふてぶてしい思想に触れ得たのである。

と思いを語っている。手法的には「写生」と呼んで差し支えない一句の焦点が「赤き鉄鎖」にあることは論を待たないが、この語は「昇降機」以上に治安維持法違反に結びつけて解釈する

ことが容易だ。「赤」はいうまでもなく、「鉄鎖」もたとえばマルクス、エンゲルスの『共産党宣言』の掉尾に置かれた一節「プロレタリアはこの革命において鉄鎖のほかに失う何ものをも持たない」と重なるからである。

その点はさておいても、この有季の句に対し、三鬼が「乾燥した、男性的意志の表現」「超季感」を感得したと強調するひとつの根源が「鉄鎖」という〈漢語〉表現にあることは間違いない。ジェンダー論的には「男性的」という捉え方自体、漢字文学を男性のものと捉える伝統的な日本の文芸観の反映も感じさせる。これが「太き艫綱《ともづな》」や「黒き鎖」であったとすれば、三鬼が「俳愚伝」で

造型の唱導者金子兜太は、近年になって、この作品には思想が欠如しているといった。―中略― この作品に思想がないというのは、金子兜太に睾丸がないというのと、同じ位にまちがっている。

と述懐することもあったかどうか。

確かに、兜太はたとえば「造型俳句六章」の第二章「描写と構成」の末尾で

誓子の代表作であり、構成法の花形として提出した、ピストルや、枯園、夏の河の句にしても、確かに構成のメカニックなこと、斬新な視角といった、手法上の見事さはありますが、その

奥に拭いきれない空白な心意を感じます。

と評している。

一方、歴史的事実として、誓子はこの句の発表と同年の「俳句研究」12月号に「戦争と俳句」と題する一文を寄せ、

季題趣味が強力で、国民的感情が微力である場合は、季題趣味の為に国民感情はうちひしがれてしまふ。—中略— 伝統俳句からは、国民的感情を発動せしめた本来の意味に於ける戦争俳句といふものは生れて来さうもないのである。

と戦争という現実を前にした季題俳句の〝無思想性〟を批判した。三橋敏雄は朝日文庫『山口誓子集』（1984年）の解説で次のように述べる。

翌十二年（一九三七）七月に起きた盧溝橋事件をきっかけにして、当時いうところの支那事変が拡大の一途を辿る。誓子は新興有季俳句派に身を持しつつ、この戦争をとりあげることにおいて、新興無季俳句の有利さを逸早く指摘し、実作に当たるよう鼓舞した。だが、すでにして、当時の軍国主義体制下に台頭した復古調の国粋主義は、無季俳句のすすめをいわゆる伝統に反するものとして忌避するところがあった。このとき誓子は知ってか知らずか、一

つの文学的危険を犯したのである。加えて、昭和十一年作の、ルンペンの生活を直写した連作「放浪の焚火を夜の燈となせり」ほか、また、昭和十二年作の「夏の河赤き鉄鎖のはし浸る」などの作品において、のちのちまで当時の思想警察にマークされることとなる。

「放浪」「鉄鎖」に代表される〈漢語〉表現は、無季と共に新興俳句にとっての「睾丸」すなわち「思想性」の源であるとともに、敏雄のいう「文学的危険」にも触れるものだった。それが戦後に兜太らによって「社会性俳句」「前衛俳句」として展開された方向性へと継承された点は否定しがたい。

以上のように、誓子はある時期まで戦争俳句に積極的姿勢を示し、かつ、それが時に「国民的感情」高揚の方向に傾いた、と感じられる側面がなきにしもあらずである。その意味で彼の戦争そのものに対する価値判断がどのようなものだったのかという問題は確かに残る。ただ少なくとも俳句における思想性という観点から、誓子をめぐる三鬼と兜太の「論争」は、三鬼に分があったように思える。

第五章　兜太変節論と虚子の非虚子

兜太の文体を特徴づける〈漢語〉の存在感について、ここまでの考察は句集『暗緑地誌』（１９７２年）までの「前期兜太」に焦点を絞ってきた。兜太の生涯にわたる句業を通した視点から問題を改めて考えてみたい。

暫定的なサンプル調査という意味合いから、『金子兜太　自選自解99句』（２０１２年）を対象とした既刊の句集ごとの〈漢語・外来語〉の一句当たりの平均登場数の試算は以下の通りになる。（かっこ内は句集ごとの自選句数）

⓪『生長（未刊）』（3句）１・００
①『少年』（22句）１・１４
②『金子兜太句集』（10句）２・００
③『蜿蜿』（6句）１・８３
④『暗緑地誌』（7句）２・１４
⑤『早春展墓』（3句）０・００
⑥『狡童』（5句）１・４０
⑦『旅次抄録』（3句）１・５０
⑧『遊牧集』（5句）０・７０
⑨『猪羊集』（1句）０・００

⑩『詩經國風』（11句）0・73　⑪『皆之』（7句）1・00
⑫『両神』（3句）0・67　⑬『東国抄』（6句）0・83
⑭『日常』（7句）1・14

『生長』を⓪としたのは、独立した句集としては未刊ながら第1句集『少年』の補遺として『金子兜太全句集』（1975年）に収められたためだ。内容的には『少年』前半の戦前期と重なる。単独の句集としては刊行されず、やはり『全句集』に収録する形で刊行された『狡童』も作品の制作時期は前句集『早春展墓』と若干後ずれしつつ、ほぼ一致する。

　この試算の有効性については第三章で記した通り、時系列に沿った大雑把な傾向性をうかがう以上のものでないことが大前提だ。

　そのうえで、全体を通した一句当たりの〈漢語・外来語〉数に着目すると平均1・20となるが、『暗緑地誌』までの前期の総句数48句では同1・54、それ以降の後期の総句数51句では同0・88とかな

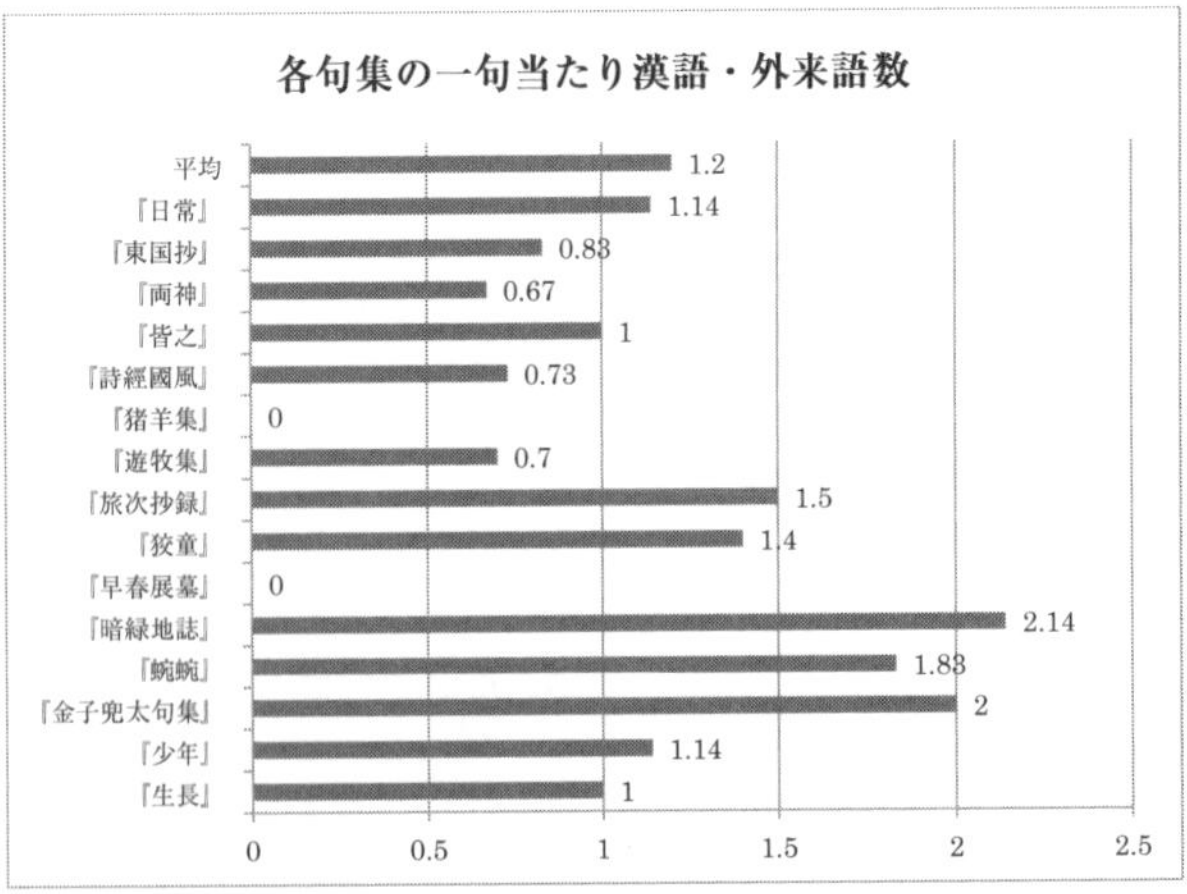

りの違いが生じている。『生長』『少年』の初期にみられる兜太本来の「地の文体」とでもいうべきものが全体の平均と同水準の1程度なのに対し、社会性俳句から造型論に基づく前衛俳句の傾向を強めた『金子兜太句集』とその引力圏内にあった後続2句集では2前後に上昇。後期に入ると振れを見せつつ、1をかなり下回る水準にまで低下する。

その背景として、以前にも紹介したように兜太自身が『両神』のあとがきで

日常に執して句作してきたものをまとめた。即興即吟が多く、なんとなく頼りないものも少くないので、それらはどしどし削った。しかし、即興ということについて大いに得るところがあったことも事実で、即興の句には、対象との生きた交感がある、とおもうこと屢々だった。推敲し熟成させてゆく過程で、かえって観念過剰になって、生き生きとしたものを乏しくすることがけっこうあったのである。

と記した事実が思い当たる。前章で「強し青年干潟に玉葱腐る日も」「打音のビル耳にみどりの昆虫いて」の両句についてみたように、兜太の「造型」にもとづく推敲の過程では一句中に〈漢語〉が増加していく傾向があった。やがて「即興の味を憶えるなかで、造型とともに即興——二律背反ともいえるこの双方を、いつも念頭に置く」ようになったことで相対的に〈漢語〉の数が減ったとも考えられる。

◆兜太「変節」論の是非

兜太論を語る場合、社会性・前衛俳句の旗手として戦後俳壇をリードした前期と、俳句を「衆の詩」と捉え直し、その大衆化の立役者となった後期のはざまに「断層」の存在を強調する向きがある。兜太自身、『全句集』の後記で次のように振り返る。

第一句集（『少年』柳生注）の後半は、戦後俳壇を風靡した「社会性」論議に積極的に参加した時期の作品であり、第二句集（『金子兜太句集』同）は、そのなかから、方法論「俳句造型」を書き、それを契機に高まってくる、いわゆる「前衛俳句」の渦中にいての作品である。その後、伝統回帰の思潮のなかで大いに揉まれ、ときには無視されつつ、私は自分なりに古典を消化していった。しかし、あくまでも、現在ただいまの自分に執しつづけてきたわけで、第三句集『蜿蜿』以後は、そういう苦心と模索のなかのものである。だから、一方からは、欧詩模倣、今様談林といわれつつ、他方からは、兜太変節、伝統追随の非難を浴びもした。

指摘してきたように、〈漢語・外来語〉（以下〈漢語〉）を四つ用いた「彎曲し火傷し爆心地のマラソン」と、〈やまとことば〉のみの「おおかみに螢が一つ付いていた」の両方が代表句として挙げられるのが兜太の兜太たる所以である。『金子兜太句集』のなかでさえ、「夜の鏡に星が導く海のうねり」など〈やまとことば〉のみの句と「彎曲し」のみならず「果樹園がシヤツ一枚の俺の孤島」など〈漢語〉が目立つ句がせめぎ合いつつ、両立していた。この幅の広さがあればこそ、「伝統追随」「欧詩模倣」と正反対の評価が同時に投げかけられたのである。

一見豪放磊落、我が道をゆくのイメージが強い兜太だが、自身の創作や発言が他にどのような反応を生み出すか、常に鋭敏なアンテナを張り巡らせていた。兜太自身、俳壇の伝統回帰の流れの中で「自分なりの古典の消化」に歩を進めたことを認めた上で、それは「あくまでも、現在ただいまの自分に執しつづけた」結果とする。その時その時の状況を受け止めつつ、主体的な自己変革に取り組む姿勢を貫いているということだろう。

20世紀以降の芸術史の流れの中で考えるとき、兜太という存在には絵画ではパブロ・ピカソ、芸術音楽ならイゴール・ストラヴィンスキー、ジャズのマイルス・デイヴィスら、絶えず表現スタイルを変化させることで逆説的に揺るがない自己という中心点を示し得た巨匠たちと重なる要素が多い。いずれもめまぐるしいほどに表現スタイルを変化させ、あまりの斬新さゆえに、非難と称賛を同時に浴び続けた表現者たちである。

「ゲルニカ」にみられる政治的メッセージの鋭さと緊密な造形の両立は「彎曲し」の一句を思い起こさせ、「春の祭典」や「ビッチェズ・ブリュー」の時代の最先端に立ちつつ、土俗的エネルギーに満ちた衝撃力は秩父の「産土」を掘り下げた句作に通じる。

「不易」たる自己を浮かび上がらせるため「流行」を追究する者に「変節」の語を投げつける――。その種の論難はいつの世、どの分野にも存在する。主体性なく傍観する足場のぐらつきが、創造的行為を逆に「変節」に見せるという決まりきったメカニズムがそこには機能している。

第一章で記した通り、前期兜太から後期兜太に至る過程では、人間中心主義《ヒューマニズム》の克服を経たアニミズムへの発展があった。前章では、兜太がいとうせいこうとの対談において、〈漢語〉と〈やまとことば〉からなる多言語性を特色とする日本語で、言葉の出自に基づく「差別」を忌避する立場を強調した事実も記した。それは、げじげじと人間を同じ〈いのち〉と見るまなざしのもとで、本質的に分け隔てしないことと同次元の「言葉そのもののアニミズム」に立つ兜太晩年の境地を示す。人間中心主義を克服した兜太のアニミズムは文体にまで徹底されたといってよい。日本語で社会や人間の深淵を描き出す造型を支える〈漢語〉と、土俗的な〈いのち〉の感覚を言い止める〈やまとことば〉を何の差別もなく、その場その場、その時代その時代で使い尽くしたのである。

以上の意味で、兜太の句業について前期と後期の間に質的な変化は見出されて当然だ。ただ、それは前後の断絶を意味するものではない。一つの証しとして、後期兜太における〈漢語〉の減少傾向は、晩年の『日常』に至り再びわずかではあるが「1」を超える水準へと反転上昇していく。

左義長や武器という武器焼いてしまえ

など、かつての社会性俳句の時代と比べても、さらに平易かつ明瞭な形で政治的な主張をも打ち出すに至った。『日常』以降の句作でも東日本大震災における東京電力福島第1原子力発電所での炉心溶融・水素爆発事故やそれに伴う放射能汚染の問題をためらうことなく詠み続ける姿勢を貫いたことは遺句集『百年』をひもとけば一目瞭然だ。

◆『詩經國風』の文体

いま一つ注目すべきポイントは、句集『詩經國風』(1985年)の存在である。タイトルの通り、本集は2500年ほど前、孔子によって編まれたとされる極東最古の詩集『詩経』にインスピレーションを得て創作された句の数々を収め

麒麟《きりん》の脚《あし》のごとき恵みよ夏の人
抱けば熟れいて夭夭《ようよう》の桃肩に昴《すばる》
日と月と憂《ゆう》心《しん》照臨葛の丘

のように〈漢語〉が多用されているという印象が強い。にもかかわらず、実際には自選句のうちでの〈漢語〉の使用率は意外にも0・7程度に留まる。

流るるは求むるなりと悠《おも》う悠《おも》う
人さすらい鵲《かささぎ》の巣に鳩ら眠る

など多くの作で想は詩経に依拠しつつ、それを〈やまとことば〉に流し込む姿勢がうかがわれ

る。かつて中村草田男が兜太の造型俳句に対して試みた「添削」と不思議に重なる点が興味深い。兜太自身は「あとがき」で、「大空間に育った古代中国の民のことばを堪能してみたかった」と記す。詩経の語彙を俳句に取り入れるという単純な問題ではなく、〈やまとことば〉に象徴される日本人の肉体的感覚へと消化していく志向が前面に出ている。

「あとがき」で兜太は、さらに自身が『詩經國風』に惹きつけられた背景について解説している。

俳句にする場合、一茶がやっていたような、『詩經國風』の各篇を発想源として、それを意訳するようなつくり方には興味がなかった。狙いはことばにある。あくまでも、句づくりを通してことばをしゃぶってみたかったのだ。―中略― 私は、日本語としての訓読み、音読みの範囲で、堪能するしかないのだが、それでも中国にだけ発達した表意文字はしゃぶりでがある。漢字というやつはじつに楽しい。

41歳のおり、1年がかりで『詩経国風』と睨めっこしながら作句をした小林一茶に倣いつつ、興味のおおもとが「ことば」の問題、とりわけ〈漢語〉と〈やまとことば〉の織り成す日本語の多言語性に根ざしていることが明確に語られている。兜太自身が〈漢語〉と暗喩を意識的に結びつけることで作り上げてきた自らの俳句文体のありようについて自覚を深めているさまがうかがえる。

それとともに、「私自身が六十代半ばまできて、なんとなく涸渇感を覚えている語感を、むしろこれを機に大きく潤沢な語感に飛躍させたい」と自身の創作にあたり新たな文体を模索する姿勢すらのぞかせている。本集とその前の『遊牧集』からの自選句で〈漢語〉の比率が低下したことは、まさにそうした思いの反映だったにちがいない。還暦を過ぎて、なお自らの俳句文体の更新を志す思い切りとエネルギーは、それこそ兜太ならではのものである。

さらに注目すべきは、『詩経』の諸作が一行4字の四言を原則にしている点である。中国詩文が頂点を極め、爛熟する唐詩では五言、七言が定型となるのに対し、「素朴な、退屈な、原始的なリズム」(『詩經國風　上　中國詩人選集1』岩波書店　1958年)と吉川幸次郎は指摘する。一語一音綴を基本的性格とする中国語は二音綴の連語(たとえば「夭夭」)をしばしば発生させる。それを「二つ無器用につみかさねたのが、四言のリズム」だからである。

日本語学者の犬飼隆は万葉集以降の「和歌」の起源について、日本列島に以前からあった民謡などの「うた」を基にして7世紀の日本で儀式用に五七五七…の形式に整えられたことで生まれたと主張する。その際、俳句定型の原型にもなる五七調が採用された理由を、外来の音楽にのせて歌うため、「隋や唐の漢詩が五字または七字の句でつくられるのをまねた」とみる(『儀式でうたうやまと歌』はなわ新書　2017年)。

もしそうであるならば、唐詩から千数百年さかのぼる古代の民草の思いが素朴な四言で詠われたように、日本の民の自然発生的な「うた」も本来五七調で統一されたものではなかったはずだ。それを大和朝廷は国策的に中国最先端の文芸の形式にあてはめ、やがて日本古来の伝統と称するようになった。

常々「俳句は17音とか、季語とか気にしなくていいんだ」と語っていた兜太である。俳句定型を誰よりも愛しつつ、がちがちの五七五にはめ込むという硬直的な姿勢を心底厭うその姿勢は、国家政策として作られた「和歌」に先立って存在したはずの衆の「うた」のありようを探る思いに貫かれていた。それこそが兜太を「詩経」に向き合わせた大きな要因であり、国や言語の壁を超えた詩の原風景をさぐる試みだったのではないだろうか。

◆「非虚子」性としての〈漢語〉

本論で金子兜太と対照する形でしばしば論じてきた対象が高浜虚子である。山本健吉らによって称賛された虚子の「代表作」の文体を〈漢語〉と〈やまとことば〉という視点から捉え直すことで、後者に大きく傾いている事実を指摘した。虚子はかな文学と漢字文学の棲み分けが明確な日本文学の枠組みを受け継ぎ、その中で自ら唱導する「花鳥諷詠」に適合するかな文学寄りの文体として選択した。同時に、こうした文体を採用することで、虚子自身と周辺の俳句は「自然」中心という題材やテーマ、さらには「客観写生」と称される表現手法に至るまで自己限定するにいたった。

一方、虚子自身は、自らの句作で「客観写生に基づく花鳥諷詠」という立場をしばしば逸脱する冒険を試みている。他のホトトギス系俳人と比べ、虚子を特徴づけ、また際立たせている要素であり、それは時として見せる反「客観写生」、反「花鳥諷詠」的傾向、端的にいえば「非虚子」性とでもいうべきものである。たとえば次のような作がある。

怒濤岩を嚙む我を神かと朧の夜　（1896年）
人間吏となるも風流胡瓜の曲るも亦　（1917年）
初空や大悪人虚子の頭上に　（18年）
川を見るバナ、の皮は手より落ち　（34年）
映画出て火事のポスター見て立てり　（41年）
爛々と昼の星見え菌生え　（47年）
秋天にわれがぐん〳〵ぐん〳〵と　（48年）
食ひかけの林檎をハンドバッグに入れ　（49年）
去年今年貫く棒の如きもの　（50年）
地球一万余回転冬日にこにこ　（54年）
蜘蛛に生れ網をかけねばならぬかな　（56年）

ここに挙げた11句は一句のうちに登場する〈漢語〉の数が目立って多い。〈やまとことば〉のみの句は「蜘蛛に生れ」のみ。「怒濤岩を」「川を見る」「爛々と」「秋天」「去年今年」は〈漢語〉が一つずつだが、約半数の5句は複数、うち4句は3語となる。

これらの作には虚子の個性を「非虚子」的な側面から特徴づけるいくつかの傾向が見てとれる。たとえば、「ぬーっとしぼーっとした」（「川を見る」「映画出て」「食ひかけの」）ただごと性であり、人問と人間以外の存在の境界が曖昧化するアニミズム(「人間吏となるも」「地球一万余回転」「蜘蛛に生れ」)、兜太との共通点さえ感じさせる造型的映像性(「爛々と」「去年今年」)とでもいうべきものだが、加えて重要な要素に「自己言及」がある。虚子自身への言及は「初空や」「秋天に」の外にも

天の川の下に天智天皇と臣虚子と　(1917年)

虚子一人銀河と共に西へ行く　(49年)

など客観写生的な自己否定と逆の衒《てら》いを感じさせる側面があるが、さらには俳句自身の自己言及といえる句が存在する。

明易や花鳥諷詠南無阿弥陀

この傾向はすでに明治期の

秋風や眼中のもの皆俳句　(03年)

などにもみられ、虚子の内に一貫してあるといってよい。「明易や」の一句は54(昭和29)年夏、虚子80歳のおりに千葉県鹿野山神野寺で開催された夏稽古会の最終日に投句された。

稽古会では何れの句会でも若人の中にあって老境の虚子はいつも互選の最高点であった。

当然のこととといえば当然のことかも知れないが、それは作品として優れていることは勿論のことながら、虚子でなければ詠めないと明らかに分かる句もあったからではなかろうか。掲句もまた、一読して虚子以外の人には詠み得ない句であることが判然としていた。にもかかわらず七月十九日の稽古会第四回目の句会では、掲句を選んだ人が僅少であったことが指摘されている。それは明らかに虚子の句と分かりながら選んだ理由が問われたときに応えきれないという自信の無さから敬遠したのではなかったかと思われる。（『高浜虚子の世界』角川学芸出版 ２００９年　安原葉「『明易や』の一句」）

「虚子以外の人には詠み得ない句であることが判然としていた」というのは、多くの参加者には「客観写生に基づく花鳥諷詠」句とは受け取れなかったということだろう。披講後、虚子自身が「私の信仰を表したまでです」（葉）、「信仰を表わしただけのものですよ。我々は無際限の時間の間に生存しているものとして、短い明易い人間である。ただ信仰に生きているだけである」（同書・座談会　深見けん二）と述べたという通り、主観的な思いの表現であり、それを一種のスローガン的言説の形で俳句型式のうちに定着させている。

原爆許すまじ蟹かつかつと瓦礫あゆむ

という兜太の句と実は相似形といってよい構造を持つ。

◆造型俳句としての写生

文学作品で描かれる世界は現実とは別の、言葉の中の時空である。流れる時間はそれが書かれ読まれている時間とは別物であり、描かれた場所も書かれまたは読まれている場所とは違う。リアリズムや客観写生の手法に基づく作品についても事情は変わらない。ただ文学作品は、自らの内部の時空が「仮想の時空」であること、言い換えれば、今読者が読むものが「文学」であることを明言することは通常ない。物語のクライマックスで、読者が没入するほどの感情移入を行っているさなか、その興奮や感動は言葉の効果にすぎないことを自ら暴露することは文学の自己否定なのである。文学作品は自らの枠組みのうちで自己言及はできず、それは作品の枠外のメタ（超越的）世界、俳句であれば自解や俳論、批評などへと場を替えて行われる。

特に写生の立場では、描かれた世界を超越した超感覚的存在について言及することは禁忌である。写生では描く主体（主観）と描かれる対象（客観）のみが存在し、かつ主観の存在を明言してはならない。ましてや両者を超えた存在は語り得ない。そのような写生論上は存在しないはずの「メタな主体」こそ、兜太が造型論で示した「対象」と「感覚する私」の間に立つ「創る自分」に重なる。

「明易や」の句で虚子は、夏の夜明けの早さという客観的事象を感覚的に把握する主観としての我々は「無際限の時間の間に生存してゐるものとして、短い明易い人間である」とする。この写生する主観としての自己を一段高い視点から見下ろす「メタな主体」の抱く感慨である。この超越的視座に立つ自己は「ただ信仰に生きてゐるだけ」で、その信仰とは「俳句は花鳥諷詠である」との思いなのだ。虚子はここで「客観写生」では禁忌であるはずのメタな自己を前面に出し、「明易」という季題に続けて自らの信条を浄土真宗の晨朝勤行《じんじょうごんぎょう》を思わせる映像と重ねた造型的作句を行っている。

兜太の場合、造型的な句ほど〈漢語〉が増える傾向にあった。〈漢語〉は抽象的、重層的な事象の表現が得意なことが一つの要因である。「明易や」の句も「花鳥」「諷詠」「南無阿弥陀」と三つの漢語が用いられる。稽古会の互選で、虚子の句であることが明確でありながら、点を集めなかった背景の一つに、通常の虚子とは異なり、〈漢語〉が多用された文体に一座が違和感を覚えた面もあったかもしれない。すなわちこの句で虚子が示した「非虚子」性は内容のみならず、文体の次元にまで及ぶもので、だからこそ句会参加者は句の本性を適確に受けとめ、互選から外すというまっとうな反応を示したにちがいない。

創作のあり方として「対象と自己との直接結合を切り離し、その中間に——統合者として——『創る自分』を設定」（安西篤『金子兜太』）することを主張した兜太の「造型俳句論」に対し、中村草田男は角川「俳句」に寄稿した「個人と自己」で「伝統陣中の固陋な者達を除けば金子氏の造型操作は殆ど誰でもが現に実行していることであって、詩壇の詩論から〝心象〟という言葉を借りてきた表面的新奇の印象以外ただあたりまえの事実を述べているだけである」と批判した。「明易や」の句が詠まれた4年後の58（昭和33）年のことである。

兜太は「寒雷」60年2月号「Kの弁明」で「芭蕉にあり子規や虚子におぼろげにあり、各様の作り手にあったものでも、それが明確に自覚され首座に据えられることが重要」と応じている。「明易や」の一句もまた造型俳句と捉えれば、兜太の主張は正鵠を射ていたことになる。

そもそも虚子の主張する「客観写生に基づく花鳥諷詠句」とは花鳥〈季題〉をテーマに客観的な景そのままを言語化したと読み手が受け止めるように造型した句というべきだ。それが文学的な言語表現である以上、対象と感覚的な主体の間にメタな「創る自分」が存在しないということはあり得ない。つまるところ「写生」俳句とは「造型」俳句の一ジャンルとして捉え得る存在である。その点が、虚子の場合は俳句での「自己言及」を通じて図らずもあらわになっている。

先に見たように、虚子は早い時期から、自己を対象化し、俳句型式の中で言及してきた。さらにはその自己を個我の枠にとどまらない、たとえば「俳句」という茫漠とした存在に重ねる形で拡張さえしていったのである。それは、より端的にいうならば「非虚子」というべきものさえも自らのうちに宿し、飼い馴らし、しゃぶり続けることへと至る道筋であった。それを言葉という次元で捉えると、「非虚子」は〈漢語〉の多用というかたちで姿を現したのである。ホトトギスに集ったあまたの俳人の中で虚子と、その他を分かつ根本的な差異を生み出す要因もここから生まれたのであろう。

もとより、ホトトギスの俳人たちがおおもとで写生に基づく花鳥諷詠という俳句観念に即して創作を続けた以上、すべからく己が体験に基づく自分語りに取り組んでいたことは間違いない。しかしその過程に意図的に「自己の内の非自己」を介在させ得たものは、虚子をおいて他に存在しなかったのではないか。

個人の句業がそのまま俳句史の発展・進化に直結する存在こそ「巨匠」と呼ばれるにふさわしい。個人のうちで起こる変化の過程が俳句そのものの進化の歴史的道筋と重なるのである。この種の劇的な変化を個の内部に生み出す原動力こそ、飼い馴らされた「非自己」の存在だろう。談林の猥雑ともいえる饒舌の中から寡黙な蕉風へと「転向」を果たした芭蕉も、写生文のうちで体験不可能なはずの自らの死後のありようを執拗なまでにしゃぶってみせた「唯物論」的な子規も、よく「非自己」を飼い馴らす存在であったのではないか。そう考えるとき、兜太が「Kの弁明」で造型論にいう「感覚する自分」に対する「創る自分」の自覚を「芭蕉にあり子規や虚子におぼろげにあり」と語ったことが改めて意識される。虚子が飼い馴らし、しゃぶり続けた「非虚子」もまたその虚子自身の句作が「創る自分」に立脚し、依存するものであったことのひとつの証しなのである。

◆荒凡夫の広さ、大悪人の深さ

虚子の「花鳥諷詠南無阿弥陀」と兜太の「俳句は17音とか、季語とか気にしなくていいんだ。ぶっこみゃいいい」は正反対のことを言っているようで、非常に近い足場に立っている。念仏者にとって「南無阿弥陀仏」が森羅万象の根拠たり得るように、虚子には花鳥（季題）諷詠が自分に世界を立ち上がらせる根源であり、兜太にとってそれは最短定型詩としての俳句定型だった。

俳句について、兜太はこの最小限の定義に基づき幅広い自由（俳諧自由）を認める一方、虚子は逆に17音・有季・季題という限定を加えようとした。兜太が自己＝俳句の多様性への拡張を通じた普遍への渇望に貫かれているとすれば、虚子は自己限定という、ある種、行《ぎょう》へとつながっていくものへの思いを捨てない。ベクトルとしては正反対を向きつつ、両者とも自身が世界の前に俳句を通して一個の命たり得るという信念、もしくは信仰とさえいうべきものが共通している。

茫漠たる世界に向かって個として立つ現前の自覚が、虚子をして花鳥諷詠と南無阿弥陀を「同じように考えています」「信仰しなければ、ほんとのものにはなりませんね」と語らせ、兜太に「私が俳句」「私はどうも死ぬ気がしない」と告白させているのではないか。そうした自覚から浮かび上がっていくものを、虚子流に俳句の側からまなざせば「極楽の文学」となり、兜太流に人間の側から見据えれば「存在者」となる。両者にある違いは、おのおのの信仰や信念を追究する上で、俳句という枠組みをより限定していくか、より広い世界へと開放していくかの方向性に尽きる。

表現者の根源的あり方として、虚子が「深は新なり」の一意専心、つまりは自己限定の「深さ」のうちに膨大な広がりに至る道をまず求めたのに対し、兜太はより広く自己を開放する「広さ」から俳句の深淵につながる途を第一に希求した。それは代表作のレベルで〈やまとことば〉に重点を置いた虚子と、〈漢語〉／〈やまとことば〉を差別なく、幅広く用いた兜太という文体的な特徴にも通じる。俳句界の巨人二人の対照と通底の妙をしゃぶってみることが、令和の俳句のあり方を考えていく上で有効な足場となるはずである。

第六章　切字「た」の源流を遡る

第二章の中ほどに次のように記した。

兜太の狼連作の中核をなす〈おおかみに螢が一つ付いていた〉の句に、「生きもの諷詠」としてのインパクトを与える表現上の要が文末の「た」である。この文末詞は「けり」「かな」などに匹敵する「切字」としての機能を果たしている。

念頭にあったのは、このわずか一音節の短い辞が、俳句において重要な意味を担う「切字」として存在を確立していく過程を明確にしたいという思いだった。狼連作のうちでも、兜太の代表句として喧伝・称揚され、没後も「おおかみ」「螢」が表象する世界観など、さまざまな形で議論もされながら、一句を文体的に特徴づける「た」についてはほとんど論評されることがないままになっている。

「切字としての『た』」という主張は、俳句の本質論という視点から極めて重い問題提起となる。文語表現の下で考えられてきた切字が、「た」という文末辞の発見を通じて言文一致が成し遂げられた後の日本語の上で成立するか、という議論と直結するからである。口語俳句で切字は存在するか、ひいては純粋な口語俳句は可能か、という命題と同値なのである。だからこそ、兜太の中での「た」の発生と成長、その結果生まれた狼連作から遺句に至る道筋をたどることが、切字の本質を突き詰める上で必要不可欠となる。

◆兜太俳句の口語性

俳句史上、新傾向俳句から自由律俳句という流れの中で、日本語の内在律という発想のもと、口語俳句は展開された。戦後、自由律の潮流が次第に細り、定型俳句が覇権を握るなか、口語調は俳壇主流では、たとえば草田男、虚子の

浮浪児昼寝す「なんでもいいやい知らねえやい」
食ひかけの林檎をハンドバッグに入れ

など、部分的、断片的な形で見られるのみだった。

一方で兜太には対米開戦前から

少 年 の 放 心 葱 畑 に 陽 が 赤 い　『少年』

のような口語調の句がみられる。戦後も

ここのところに俺の子枯山もう暗い
ほこりつぽい抒情とか灯を積む彼方の街
みんな疲れて青光る道を窓にのぞく　『金子兜太句集』

と口語文体がしばしば登場する。

粉屋が哭《な》く山を駈けおりてきた俺に

が発表時、話題となり、草田男に添削不可能と酷評させたのも、そのぬーっとしぼーっとした句柄や、当時の皇太子成婚と引っかけての深読み（美智子妃は大手製粉会社創業家出身）のほか、直截な口語的表現のもつインパクトが大きな役割を果たしたと思われる。戦後の社会詠と口語文体を組み合わせた

白い石ごろごろニコヨンの子が凍え　『少年』

には、草田男の「浮浪児」の一句と通じるテーマ性がある。

兜太の死の翌年、完成したドキュメンタリー映画「天地悠々　兜太・俳句の一本道」（河邑厚徳監督）には2018年2月初旬、兜太が倒れ、意識のないまま約2週間後に逝く直前、生涯最後のインタビューに応じた際の映像が収められている。そこで兜太は自身の「余生」観を、

小林一茶の生きざまにことよせる形で「なんでもいいやい　死なねえやい」と表現した。それは、戦後の東京にあふれた戦災孤児の口ぶりを活写する草田男の一句が記憶の中で変容し、一茶の生涯と混然一体化した言だったのだろう。自身の生死の問題をぎりぎりで言語化しようとした兜太の心底から漏れだした真実の一瞬を奇跡的にとらえていた。

　草田男の句は「八八六」音という自由律俳句を思わせる形式をとる。当時、空襲で家族を失い、東京の市街をねぐらにしていた浮浪児のありのままを捉え、だからこそ引用符内は生の口語調で記された。戦後社会詠の傑作といえるこの句を媒介に、草田男と一茶、そして兜太のなかの存在者が互いに深い次元で共鳴したのである。それは兜太のうちで若き日に加藤楸邨の「寒雷」に参加するかたわら、句作の指導をあえて仰いだ草田男の存在が最晩年にいたるまでいかに大きいものであったか、示す証しともいえる。

　にもかかわらず、二人は造型俳句論の是非や現代俳句協会の分裂問題をめぐり、１９５０年代後半から対立を深めた。結果的に草田男が「粉屋が哭く」を紋切り型で全面否定するに至るなりゆきはここまでみてきた通りである。

◆「た」の前史

　口語文体との親和性は当初から兜太にあったものだ。それは戦後、第二芸術論や社会性論争なども経て、兜太のうちにより大きな比重を占めるようになった半面、文末辞「た」の使用について当初は、むしろ消極的だった。『少年』『生長』『金子兜太句集』から、『蜿蜿』『暗緑地誌』までの〈前期兜太〉はいうにおよばず、続く『早春展墓』『狡童』への収録句に句末に「た」止めは発見できない。前章で見た文体の変化との関連でみるならば、自選句において〈漢語〉が平均一句1語強の初期から、2語程度にまで増える社会詠・前衛俳句とその余韻の時代を通じた期間である。

ノートに触れ冬の犬の尾固かりき　『少年』

欠伸して水蜜桃が欲しくなりぬ

篠枯れて狼毛の山河となれり晩夏　『暗緑地誌』

樹といれば少女ざわざわ繁茂せり

など文語的な「過去」「現在完了」の文末が「固かつた」「欲しくなつた」と表現されることは一切ない。もっとも、助動詞「た」が全く使われなかったわけではない。句中の体言（名詞）に接続すると解される連体形の「た」はしばしば登場する。昭和15年に

冬暖に魚乾し海を忘れた顔　『生長』

戦中のトラック島時代にも

花咲くマンゴー秋に似た風吹き通る　『少年』

がある。戦後は福島時代に詠んだ

罌粟よりあらわ少年を死に強いた時期

子は既に忘れたコップに冬日凝る

などを経て、前衛俳句の最盛期たる『金子兜太句集』では「粉屋が哭く」の句を代表格に助動詞「た」の連体形がしばしば用いられ、句全体でも口語調を帯びる作例が増える。

赤黄の風船かーんと澄んだ炭失家族

岩にクルス彫り殉教のやつれた死

霧の奥の熱した星を知つてる母子

家族病むテレビ白らけた信者映し

『金子兜太句集』

これは続く1960年代と70年代冒頭の作を収めた句集『蜿蜿』『暗緑地誌』にも引き継がれる。

麦野をとぶ椅子を担いだ細身の彼

乳房掠める北から流れてきた鰯

朝光を走る磨かれた凡な犬

『蜿蜿』

入港に似た朝みどりの繭拾われ

カメラ黴び胸裂けたまま異国の兵

『暗緑地誌』

葵おこす裸かにつけた守り札
颪におちた青葉青枝眠りの場
怪鳥に似た直下の悲鳴昼の村

にもかかわらず、句末の終止形「た」は全くみられない。むしろ、自らの俳句文体に「た」止めはふさわしくないといわんばかりに、これを忌避する意志さえ感じられるほどである。72年からの約2年間の旅吟などを集めた『早春展墓』『狡童』ではそれぞれ

地下鉄の駅駅の朝蒼ざめた時計
轢かれた燕の半身があり鮮やかなり

などがみられるにとどまっている。ちょうど「兜太変節、伝統追随の非難を浴びもした」と述懐する時期と重なる。

◆文末への登場と山頭火

こうした中で1970年代半ばにひっそりと姿を現した

防風林に一つ山松蟬もいたぞ　『旅次抄録』

緑便の秋の運河に海馬いた

が兜太の句集収録句における句末の「た」の初登場となる。1句目は句集名通り、因幡をめぐる旅吟だ。口語では用言の終止形に接続する終助詞「ぞ」を伴うとはいえ、思いきって初の文末の「た」を用いることの力みも、後に代表句「おおかみに螢が一つ付いていた」を生み出す起点としての重みも、特に感じさせない。芯には後に自らが目指す作句理念として強調することになるアニミズムへのまなざしが貫かれつつ、淡々とした詠みぶりである。それでありながら「―に―一つ―いた」という一句の骨格は

おおかみに螢が一つ付いていた

としっかり共有している点が何とも興味深い。2句目は1976年、熊谷での作とおぼしい。

注意すべきは、この時期の兜太にとって種田山頭火の存在が極めて大きかった点である。71年、「定住漂泊」と題する一文を発表し、74年には講談社現代新書の一冊として『種田山頭火――漂泊の俳人』を刊行する。おりからの山頭火ブームの中でのことだ。山頭火は放浪の自由律俳人として

笠へぽつとり椿だつた

こころすなほに御飯がふいた
ほうたるこいこいふるさとにきた
てふてふひらひらいらかをこえた
泊るところがないどかりと暮れた
その松の木のゆふ風ふきだした

と数多くの「た」止めの句を残している。
安西篤は兜太が「定住漂泊」という言葉に込めた思いについて以下のように解説する。
戦後俳句から衆の詩への指向を強めつつ、より「存在者」の漂泊感に焦点を当てることとなった。「漂泊とは流魄《るはく》の情念」だが、流魄が日常性のなかに流れるとき、山頭火や放哉のような放浪をともなう日常漂泊となる。ところが日常性のなかに流れず逆に日常のなかに屹立する流魄の情念を定住漂泊と呼ぶ。現代生活のなかにひろがる日常漂泊感とそれに争《あらが》う定住漂泊者のいきざまを見据えていこうという問題提起である。（「解題」『金子兜太集　第三巻』筑摩書房　２００２年）
原稿用紙10枚程度と決して長くはない、しかし、そのタイトルが兜太の生涯を通じキャッチフレーズとして語り継がれることになる文章で、最初に取り上げられる一句――それは山頭火

くだりで登場する
の手記から1930年、当時の浜口雄幸首相が狙撃されたことを知った日の記述を引用する

　鉄鉢、散りくる葉をうけた

という一句である。「この場面など、漂泊者のあらかたの心体につうずるものがあろう」と兜太は評する。兜太にとって、助動詞「た」を用いる口語調の作句は、ある種の漂泊感と自然に結びついていたのではないか、と思われてくる。

　いうまでもなく、この時点で兜太は山頭火の句業や放浪記の数々を読み込み、数多くの「た」止めの句の存在も知悉していた。74年刊の『種田山頭火――漂泊の俳人』にも

　山の奥から繭《まゆ》負うて来た
　いやな夢見た朝の爪をきる
　山路きて独りごというてゐた
　樹影雲影猫の死骸が流れてきた
　酔うてこほろぎといつしよに寝てゐたよ
　ふとめざめたらなみだがこぼれてゐた
　街はおまつりお骨《こつ》となつて帰られたか

などの句を兜太は引いている。それまで、決して自身は用いることのなかった句末の「た」が

70年代半ばに忽然として現れたことと、当時、山頭火を読み込んだ事実の関連は無視できない。

その上で、安西が示したように、すでに71年の兜太は漂泊をいいつつ、結果的に日常に埋没することへのアンチテーゼとして「定住漂泊」を宣言していた。そこでは、流魄の情念を体現した漂泊者の例としてまず山頭火、次いで尾崎放哉を挙げる。漂泊と言っても「諾うことも、絶つこともなく、無の気分のなかにある」日常漂泊と、「諾うにせよ、絶つにせよ、気分の無と争う」ことにより燃え上がる情念が屹立する定住漂泊の両様の存在を鋭く嗅ぎ分ける。だからこそ

うしろすがたのしぐれてゆくか

鐵　鉢　の　中　へ　も　霰

と詠んだ時の山頭火に、無や我執と争う定住漂泊者のあり方を感じつつ、反面で「寄食者の饐《す》えた体臭」も嗅ぎとる。争うという以上、求道に対する強烈な我執の存在が「定住漂泊」の大前提になるというのである。それが兜太ならではの捉え方だ。

「定住漂泊」で漂泊者の代表に松尾芭蕉を挙げず、尾崎放哉と山頭火を論じ、その放哉さえ晩年「山頭火よりも、我念の破滅が深かったため、それが諦念にまで沈んで、ただ無の空間に蹲《うずくま》るものの無臭澄明を示す結果となった」と一段低くみた理由はそこにある。「日常漂泊のひろがりを見る」今だからこそ、現代の「相応の物質があり、日々を糊塗しうる小歓楽があり、ささやかな愛憎があれば、それが流魄を癒す」日常を向こうに回し、「もがき、あせり、喚び、

そして、ときに確然と無に立ち、ときにひょうひょうと〈自然〉に帰してゆくばかり」の定住漂泊者の生臭さを「屹立」する「孤立的」存在と称揚もした。

「求道」に没入することが日常への埋没へとつながりやすく、「悟り」の無矛盾が弁証法的な止揚の喪失となりかねないことを「生きもの感覚」そのものの嗅覚で感じ取った、ともいえる。嗅覚は人間の五感のうちでも味覚と並び、最も原始的な、その分、本源的な底深さをもつ。マルセル・プルーストが嗅覚と記憶とが直結する意識の深淵の探究を経て、『失われた時を求めて』という20世紀文学の白眉を築き上げた事実は言わずもがなだろう。嗅覚的要素の強調は師である加藤楸邨や、愛憎両面で深い影響を及ぼし合った中村草田男とも違う、兜太ならではの志向であり、個性であった。

木曾のなあ木曾の炭馬並び糞《ま》る　『少年』
鮭食う旅へ空の肛門となる夕陽　『蜿蜿』
狐火なり痛烈に糞《ふん》が臭う　『詩經國風』
地に刺さるわが尿《しと》初夏を匂うかな　『皆之』
長寿の母うんこのようにわれを産みぬ　『日常』

自身の山頭火論で、この漂泊者を「聴覚の人」と規定した兜太だが、それならば自身は本質的に「嗅覚の人」であろう。兜太の句における「た」の姿を追いかけていくと、山頭火から引き継いだ漂泊の「匂い」が染みついていることがよく分かる。

◆「純動物」と「原郷」

山頭火らをめぐる、いささかねじくれた嗅覚的漂泊論を、『種田山頭火――漂泊の俳人』で兜太は「動物／純動物」二項対立としてみる切り口から深めていく。この〈純動物〉ということばで、兜太はアフリカの草原で倒れている縞馬を、餌として食していくライオンの親子、その喰い残しにありつく順番を待つ禿鷲やハイエナなど、動物の《自然《うぶ》な状態》を表現しておきたい、と記す。まさに野生が匂う状況である。

「動物のような人間」という場合、そこには目的達成のための計略や狡知に重点を置き、弱肉強食をその目的達成についての弁明に使う、つまりは人間的なものを正当化するための「比喩」として獣や自然を用いることへの嫌悪が兜太にはある。兜太の関心は「動物そのもの」にあり、人間的な何かがそこにさしはさまれることに我慢ならない。

「比喩的な動物」観は第二章で論じた人間中心主義としてのヒューマニズムで動物を捉えることに他ならない。兜太のいう〈純動物〉は、人間の立場・目線から解釈し、擬人化する見方を忌避する。弱肉強食が〈動物（＝人間中心主義＊柳生注）的〉に遂行されたときにはこれをさげすみ、〈純動物的〉に行われるときには美しいとさえみるまなざしである。人間が自己中心的視点から作り上げたイメージとしての「動物」と、それを排除したうぶなまなざしに映る生《なま》の「純動物」を兜太は鋭く切り分ける。「動物である人間」を愛しつつ、「動物のような人間」

は嫌悪する。

銀行員等朝より螢光す烏賊のごとく

の一句は、その映像《イメージ》が直喩で語られたことに批判があり、兜太自身、「隠喩《メタファー》」的な直喩といういささか苦しい弁明をしている。しかし、ここに登場する銀行員は、多数の蛍光灯（実景は机上の白熱灯だったようだが）に照らされたある意味、金融資本主義の中枢で、一神経細胞《ニューロン》として事務処理を行う。水族館の水槽に閉じ込められた「烏賊もどき」の動物に例えられるのであり、本来の烏賊が持つ「動物そのもの」の野生は失われている。その「もどき」性を浮き彫りにするために「隠喩」を避けたのは、絶妙の選択だったというべきだ。

山頭火論の中で「純動物」という思想を提示した兜太は、これに「原郷と定住漂泊」という視点を絡めようとする。兜太によれば、〈原郷〉とは「〈自然〉とか〈愛〉とか〈真〉とかいうものが、生地《きじ》で体感できる世界」となる。そして、「〈原郷〉は〈原経験〉のなかにあり、〈原郷イメージ〉として残る」。日常の現実経験の世界で、なお〈原郷イメージ〉を宿しやすく、〈原経験〉を追体験しやすい存在が〈純動物〉な人間だと言うのである。そして、

山頭火も、この〈純動物〉の資質に恵まれた——したがって〈現実経験〉のなかでは、まことに痛ましいおもいを、くりかえさざるをえない人間だったのである。

と書く。これだけの言説を積み重ねたうえで、ようやく

山頭火のように、―中略― 市井にとどまらず、人間《じんかん》をさまよう場合もある。〈原郷〉に憑かれ、〈現実経験〉に裏切られながら、それでもしだいに〈原郷〉へ近づいてゆこうとしているのだ。〈定住漂泊者〉のなかの放浪者だった。

と兜太は初めて「山頭火は定住漂泊者」と明確に断ずるのである。

兜太の中で〈純動物〉が「アニミズム」「生きもの感覚」や「存在者」、〈原郷〉が「産土」へと後々、発展的に捉えられていったことは論を待たない。「定住漂泊」も含め、70年代に山頭火と向き合うことにより、自らのうちに再発見した数々のもの。それが後期兜太の脊梁を作ったといって間違いない。

◆「た」のアニミズム

兜太が句末に終止形の「た」を初めて用いたのは、同じ70年代半ばのことであった。ただ、「た」止め句が70年代後半に一気に増えることはなかった。

この時期、兜太は日本銀行を退職し、小林一茶研究に力を入れる。その集大成となった『流れゆくものの俳諧』(79年)で一茶が文末終止形の「た」を用いた一句

我やうにどさりと寝たよ菊の花

を通じ、俳句におけるアニミズムの発見を果たしたことは第二章に記した。

もちろん山頭火に対する関心も根強く、83年に『漂泊三人―一茶・放哉・山頭火』、87年には『放浪行乞―山頭火百二十句』の出版を実現する。兜太が本格的に「た」止めの句を発表するのはちょうどこの時期からである。80年代前半の作に

杉の牢の匂いが好きだ嗅ぎすぎた　『猪羊集』

猟犬猛り猪出《ししで》ず月が出たそうな

酔うて劇的になりしよ青葦に寝たよ　『皆之』

などが見出せる。3句目は「酔う」「青葦に寝る」と山頭火さながらのモチーフが印象的だ。酒をこよなく愛した彼の「酔うてこほろぎと寝てゐたよ」の一句とつながり、文語の「し」と並べて用いたことも相まって兜太のうちで「た」の存在感が増しつつあった事実をおのずと語る。85年には

春の河州の家鴨のなかにしやがんでいた

朝寝せり漓江の草魚食べすぎたか

青葦原呆然と立葵がいたぞ

などと集中的に詠むに至っている。1句目の「しゃがんで」は野糞だろう。これも「杉の実」と並び匂う句であり、濃厚な漂泊感がただよう。

続いて80年代後半から90年代半ばまでの句作を収めた『両神』では、

満月去り朝が無言で覗いていた　Ⅰ部
霧を来て腹がへつたと一茶は言う
人顔の麻の花なり咲いた咲いた　Ⅱ部
山に泊れば春の林が伐られていた　Ⅲ部
ひるがおの渚へ崖の馬堕ちた　Ⅳ部
蛇来たるかなりのスピードであつた
月が出たきつねのかみそりは咲いた
良寛の朝寝に海猫がとまつていた
森の村卵を運ぶ少女が消えた　Ⅶ部
仏の山青《せい》蛙《あ》に髭が生えていた　Ⅹ部

などと春の芽吹きさながら「た」止めが噴出し、瞬間を切り取る即興風の詠みぶりが目立つ。以前述べた通り、この句集のあとがきでは「即興の句には、対象との生きた交感がある、とおもうこと屢々だった」と生きもの感覚と即興の関連性が語られもする。

狼連作を含む95年から2000年の句作を収めた句集『東国抄』では、生きもの感覚と「た」

止めの関連性がより密接になり、純動物の存在の証しとしての無臭の「匂い」と「漂泊」を強く感じさせる。

禿頭を野鯉に映す夏が来た　Ⅰ部
いわし雲陽炎は消えてしまった　Ⅱ部
湯を沸かす昨夜は猪《しし》がそこにいた　Ⅴ部
歯固や母の歯は馬のようだった
太古の空に爆ぜし雷火がやって来た
白さるすべり歯科医が走ってきたよ
おおかみが蚕飼の村を歩いていた　Ⅵ部
おおかみに螢が一つ付いていた
山鳴りときに狼そのものであった
屋上から大根の葉が墜ちてきた　Ⅶ部
菊人形携帯電話を持っていた

一方で2000～08年の句を集め、兜太最後の自選句集となった『日常』では

穴子寿司食べてる鬼房が死んだ
十分前朧の街を歩いていた

など4句にとどまる。特に妻皆子逝去（2006年3月2日）の直前の作とおぼしき2句目では、第二章で紹介したいとうせいこうの論を踏まえれば、「十分前」が取り戻しようのない遙か悠久の彼方でもあるような、確定の過去形「た」の持つ「催眠的な暗示」と「主観の問題など越えてしまう錬金術」さながらの表現力が万全のはたらきをみせる。晩年の兜太が一茶や山頭火を自身のうちに取り込むことで血肉化した「定住漂泊」が結晶化しているといってもよい。

さらに、その極限の姿を示しているのが、第二章でも言及したように、他界直後の「海程」2018年4月号に掲載され、遺句集となった『百年』の掉尾を飾ることにもなった絶唱「最後の九句」の6句目

さすらいに入浴の日あり誰が決めた

だと改めて言いたい。老いの身の入浴に際しても「なんでもいいやい死なねえやい」という我執の「生臭さ」と自立心を失わない心意気が、「誰が決めた」という〝うそぶき〟につながる。筆者が17年12月、最後に面談した兜太は、当時定期的に通っていた介護施設で職員の介助を受けながらの入浴について若々しいエロスのきらめきさえ感じさせる口調で、語って聞かせた。それは兜太の中の「純動物」が発した言葉なのだと思う。

この巨人最期の心のあり処が「さすらい」を「た」という決辞でまとめた一句に透けて見える。「た」は兜太の生を締めくくるのにふさわしい句末だったというべきである。

第七章　放哉、山頭火、鳳作、白泉の「た」

前章では金子兜太と種田山頭火の文体面の連続性について、助動詞「た」がいかに受け継がれたかという視点からみた。その場合、俳句を「最短定型」詩と規定した兜太が、それと相いれない山頭火の「自由律」との間の矛盾をどう止揚したか（もしくは止揚し得なかったのか）、という論点は避けて通れない。それは兜太の定型論という大きな問題に直結する。本章では引き続き「た」に着目し、兜太の源流に位置する山頭火が、「た」を自らの文体として血肉化していく過程をたどることから論を起こそう。

◆山頭火、放哉の接点

１９８６（昭和61）〜88年に春陽堂書店から刊行された『山頭火全集』全十一巻の第一巻には生前唯一の自選句集『草木塔』に加え、師と仰いだ荻原井泉水主宰「層雲」への投句、第二巻には「日記」収録句と「層雲」の句会通信欄、他の地方誌や書簡中の句が網羅されている。

第一巻で、文末の「た」は『草木塔』巻頭から16句目に初めて見出せる。

山の奥から繭負うて來た

「昭和二年三年、或は山陽道、或は山陰道、或は四國九州をあてもなくさまよふ」と記した一連20句の7句目であり、「層雲」昭和3（28）年11月号に掲載された。それまでは大正9（20）年1月号に「電車終点ほつかりとした月ありし」と句中に「月」にかかる連体形として登場するのみ。もちろん『草木塔』には収められていない。

『草木塔』は冒頭「鉢の子」の段を構え、まず「大正十四（25＝柳生注）年二月、いよいよ出家得度して、肥後の片田舎なる味取観音堂守となつたが、――以下略――」の前書きと3句を示す。続いて「大正十五年四月、解くすべもない惑ひを脊負うて、行乞流転の旅に出た」として「分け入つても分け入つても青い山」「鴉啼いてわたしも一人（放哉居士の作に和して）」など6句があり、1週間足らずで終わる昭和元年を経て「昭和二年三年」の放浪へと続く。「繭」は春の季語だが、有季定型句の場合と異なり、時期を「春」と断定まではしきれない。実際、2句前には「蚊」、直後には「とんぼ」の句が並ぶ。

「層雲」発表句に27（昭和2）年分はなく、全集第二巻にも同年分の句は見当たらない。この年、山頭火は広島や鳥取など中国地方を転々とした。その際の記録は句稿のみならず、旅程を記したものもほとんど残っていない。そのいずれの時点で「山の奥から」が詠まれたのか、確定できる材料はないようである。

一方、11（明治44）年までさかのぼる全集第二巻「総集編」収録句で句末に「た」を用いているのは25（大正14）年、味取観音堂の堂守としての「しづか」とも「さびしい」ともいえる生活の中で詠まれた

真夜中はだしで猫がもどつて来た

が最も早い。そして28（昭和3）年の

お墓したしさの雨となつた（放哉墓参）

がこれに次ぐ。7月28日、岡山県西大寺町から東京の井泉水宛に差し出された葉書に記された一句である。「た」止めの句を相ついで詠みだすのは翌29年からのこととなる。

山頭火は27年末から翌7月にかけて四国遍路を一番札所から「順打ち」で巡った（村上護『種田山頭火』ミネルヴァ書房 2006年）後、念願だった小豆島の放哉の墓に詣でた。その際の思い出を、地元在住の俳人・井上一二は「近頃雑誌を見ないといふので層雲を四、五冊袋に入れて又旅をつゞけられた」（「層雲」40年12月号）と記す。直後に岡山県にわたり、井泉水に葉書をしたためた。

尾崎放哉は小豆島の西光寺奥の院、南郷庵《みなんごあん》で2年あまり前の26（大正15）年4月7日他界している。これは山頭火が味取観音堂を出て「行乞流轉」の旅に出る数日前のこと。二人は「出

会ったことはない」とされる。文通があったかどうかも不明だが、放哉の他界から数年後の日記に山頭火は

放哉書簡集を読む、放哉坊が死生を無視（敢て超越とはいはない、彼はむしろ死を急ぎすぎてゐた）してゐたのは羨ましい、私はこれまで二度も三度も自殺をはかつたけれど、その場合でも生の執着がなかつたとはいひきれない（未遂におはつたのがその証拠の一つだ）

と記した。かねて「層雲」に掲載される先輩の句文に注目していたことは間違いないものの、山頭火は「行乞流轉」への出発の時点で「おそらく放哉の死は知らなかったにちがいない」（村上・同書）。訃報に初めて接したのが、墓参までの2年3か月のどの時点かも明確でないが、注目すべきは、「層雲」26年6月号に放哉「最後の手記より」の題で9句が掲載された事実だ。

春の山のうしろから烟が出だした

がその最後の一句で、井泉水が後に編む『尾崎放哉句集　大空』の掉尾を飾った。つまり、山頭火が自作に「た」をさかんに用いるようになるのは放哉の死後、それもこの絶唱が世に広く知られるにいたるなかでの出来事と考えられる。

初の墓参で「お墓したしさの雨となつた」とそれまでほとんど用いてこなかった「た」止めで句を詠んだのも、放哉の絶唱を引き継ぐ形で追悼の念を込めた結果ではなかったか。以後、

自身の死に至るまで「た」止めを使い続けたことを考えれば、端的に放哉から受け継いだものと考えてみたくなる。

実際、山頭火は39（昭和14）年10月に再度の墓参を果たしているが、その際にも「放哉坊よ」と題して

その松の木のゆふ風ふきだした

というやはり「た」止めの一句を遺し、現地に句碑もある。二人の師、井泉水が放哉の死の直後、葬儀のために来訪した際の吟

好い松もつて死場所としていたか
墓穴出來た星が出ている

を受けた句とされる。

師とその弟子二人の濃密なきずなと思いの交錯が放哉の死を契機とする「た」止めの文体のやりとりとして、ある種因縁めいた形で顕現していることが心を打つ。

1回目の墓参前に詠んだかもしれない「山の奥から」も、自分の前に深々と立つ山の向こうに他者の存在を認めた実感を詠んだ点で、放哉の「春の山のうしろから」と共鳴する。それは

咳をしても一人

に象徴される放哉の「ひとりごころ」が、死の間際に「烟」を介し山の向こうにいるにちがいない誰かへと淡くも向かったこととつながる。

山頭火は26年と思われるが、「放哉居士の作に和して」の前書きで

鴉啼いてわたしも一人

の句を残してもいる。先に記した通り、4月からの行乞流転の旅のさなかの作ながら、放哉の死を知って詠まれたものかはさだかではない。兜太は「咳をしても」を念頭に置いた一句とみており、その時点で放哉の死を知っていたと考えれば、「ひとりごころ」の寂寞に襲われた当時の心境が切実に感じ取れる。他方、村上は放哉須磨時代（24～25年）の「烏がだまつてとんで行つた」「こんなよい月を一人で見て寝る」に寄せたと見解が異なる。だとすると「た」止めの句が登場することにさらなる因縁を感じる。

◆「烟」と言文一致

ともあれ、「春の山の」の一句を山頭火が初めて目にしたとき、自身の人生を振り返って大きな感慨に打たれたことだろう。とりわけ「烟」の一字が深く心に刺さったにちがいない。というのも、山頭火は自身の産土である山口県防府で11（明治44）年6月創刊された月刊誌「青年」の同年10月号にツルゲーネフの小説「烟」の抜粋翻訳を寄稿したことがあった。

彼は「烟だ、烟だ」と幾度か繰り返した。そして不図《ふと》、ありとあらゆる物はすべて皆、烟で、彼自身の生活、露西亜の生活——人生一切の事物殊に露西亜の事々物々はすべて烟であるやうに思ふた。

原文はロシア語だが、「特に早稲田に在学中のころからツルゲーネフに傾倒していた」（村上護）山頭火は英訳本から訳した。明治20年代にツルゲーネフの作品、たとえば「あひびき」や「めぐりあひ」が二葉亭四迷の翻訳で紹介され、そこで用いられた「た」止めの言文一致体が文壇に大きな衝撃を与えた。それが以降の日本文学の文体的基礎となったことは柄谷行人らも指摘する事実である。

言文一致運動の立役者となった四迷を理論面で支えたのが坪内逍遥だった。山頭火は卒業こそしなかったものの、早稲田大学で坪内の教えを受けている。ツルゲーネフへの傾倒の前提として、言文一致に向けた思いを想定することは自然であり、引用した訳文でも「た」止めを存分に使いこなしている。二葉亭、坪内らの文学革新運動が明治20年代半ば以降の正岡子規による俳句革新、河東碧梧桐、井泉水らの新傾向俳句も誘発したことを考えるとますます興味深い。

曲がりなりにも地主の家の子に生まれた山頭火である。代表作「父と子」で農奴解放前後のロシアを舞台に、新旧世代の思想的対立を描いたツルゲーネフへの関心は必然だった。5年後の作「烟」は農奴解放後の進歩派と反動派との対立を風刺する内容で、山頭火自身の境涯と重なる部分が多々あったろう。

兜太も『種田山頭火——漂泊の俳人』の中で、「放浪者山頭火を決定づける起因」となった11歳の時の母の自殺をめぐり、山頭火の父、竹治郎の「放蕩」をやはり地主階級に属したツルゲーネフの父セルゲイと重ねるように記している。また山頭火が訳した「烟」の一節

「烟、烟、あ、烟の外には何もない」彼自身の苦闘も情熱も悲痛も夢想も畢竟《つまり》が何になる。彼は唯だ絶望の身悶《みもだえ》をするばかりであつた。

を引用もして、やがて放浪に至る山頭火の境涯の土台に「少年期の喪失感」を見出す。山頭火にとって「烟」という語の表象するものがそれだけの重みをそなえていたとするならば、放哉の最期の一句がいかに深く心に刺さったか、想像がつこうというものである。

当時、文体論上で言文一致という「革新」の立場に立つことと、社会問題に対して「革新」の立場で向き合うことはある意味で表裏一体だった。その流れを引きつぎ、時代は下るが、昭和初期に隆盛をみたプロレタリア俳句・短歌運動では「た」止めの文体が多用される。栗林一石路は25（大正14）年に「一日のポケットから何もかもつかみだした」と詠み、「働くよろこびがあったさむい火が燃えていた」（橋本夢道・28年）、「つくしをもって少年職工がいた」（横山林二・同）などの作品もみられる。『プロレタリア短歌・俳句・川柳集』（新日本出版社 88年）

をひも解くと、このジャンルでは短歌も含め、時代が大正から昭和に替わる前後から文体が文語調から完全な口語調へと一気に転換し、その中で「た」止めが定着したことが見てとれる。そこには権力階級の言葉＝文語に対する人民の言葉＝口語という意識が働き、その萌芽は明治の言文一致運動の際にすでにあった。「言葉の差別」を嫌悪する兜太の思いの源流もまたここにあるとみてよい。

放哉の絶唱を目の当たりにしたとき、自身の境涯と、歩んできた文学的道のりを顧みて、いかなる思いが山頭火の内部を駆けめぐったか想像にあまりある。ともに漂泊の人生を生きた放哉と自身が「烟」という言葉、さらに言文一致＝自由律という因縁で結ばれている。その実感が墓前、折からの夏の雨の中に「したしさ」の念としてあふれ出たのではなかったか。放哉とのきずなを示す言葉の上での証しが「た」なのである。こうして山頭火の中で大正末から着々と醸成されつつあった「た」止めの文体が、放哉の死を契機に一気に顕在化したように感じられる。

◆放哉における変遷

『放哉全集　第一巻』（筑摩書房　２００１年）では、放哉の「た」止めの句は、自由律による創作を始めた１９１６（大正５）年当時から、病が悪化し職も家庭も捨てて京都の一燈園に入園しながら半年ほどで去る24（大正13）年３月ごろまで、明確なかたちでは見当たらない。助

動詞「た」そのものは17、19年の

青服の人等帰る日が落ちた町
新らしい本屋が出来た町の灯

にそれぞれ登場しているものの、ともに「町」にかかる連体形と解するのが自然だろう。2句目は「出来た」で切れるとも読めるが、「た」止めと断言するには強さに欠ける。実際、これをきっかけに放哉の句に「た」が定着することはない。

一燈園を出て1か月ほど知恩院に身を置いた後、兵庫県の須磨寺大師堂の堂守に落ち着いた24年夏からは「層雲」への投句数も増えた。文体も完全な口語調へと移り、後に代表作とされる数々の句を生むようになる。さっそく

柘榴が口あけたたはけた恋だ　「層雲」10月号

と句の中途とは言え、終止形とおぼしき「た」が姿を現す。

昼寝起きればつかれた物のかげばかり
蛙の子がふえたこと地べたのぬくとさ　同11月号
夕べひょいと出た一本足の雀よ

など連体形の使用も相次ぐなか、明確な句末の「た」止めの一句は、同じ11月号の「層雲」誌

上で

写真うつしたきりで夕風にわかれてしまつた

が登場する。自由律俳句界ではすでに明治末(12)年から大正初年にかけて、中塚一碧楼が

啄木が死んだこの頃の白つゝじ
柿の下で直三と二三度云つて見たが
乳母は桶の海鼠を見てまた歩いた

などの作を発表しているが、放哉はむしろ慎重だったようにみえる。しかし、10年以上遅れてひとたび取り入れてからは、ほぼ毎号の投句に登場するようになる。

刈田で烏の顔をまぢかに見た
笑へば泣くやうに見える顔よりほかなかつた
田舎の小さな新聞をすぐに読んでしまつた
銅像に悪口ついて行つてしまつた
一本のからかさを貸してしまつた
一人でそば刈つてしまつた
舟をからつぽにして上がつてしまつた

わけても「しまつた」止めの句を多産した。いとうせいこうの言を待つまでもなく、この助動詞「た」は単なる過去ではなく、「その結果、現在では……」という、後悔や自責、反省の念をこめた現在完了といってよい。英語的な表現になぞらえれば、「そうしさえしなければ今は…だろうに」という仮定法的時制に近い含みがある。放哉は晩年に至り、そうした主観の表白が可能な「た」止めに一気に引かれていったのではなかろうか。

一方、山頭火に「しまつた」という措辞は見られない。後悔や慙愧のあからさまな表現は

どうしようもないわたしが歩いてゐる

自嘲
うしろすがたのしぐれてゆくか

など例を挙げるにこと欠かないが、むしろシンプルな「た」にその意を繰り込み、助詞などを伴うことで「しまつた」と同じ機能を果たさせる例が目立つ。

酔うてこほろぎと寝てゐたよ

けふもいちにち誰も來なかつたほうたる

街はおまつりお骨となつて歸られたか

文語文法において、切字の代表格とされる「けり」ももとは過去の助動詞だった。「き」が話者自身の実際に体験した過去であるのに対し、「けり」は直接体験していない過去を意味するなどと説明される。「枕草子」や「源氏物語」の時代は両者の使い分けがかなり厳密に行わ

れたはずだが、明治に至り、

赤い椿白い椿と落ちにけり

という碧梧桐の句を、子規は印象鮮明な写生句として絶賛した。ならば、これは話者の実体験そのままの描写でなければならず、時制も詠まれた現在の瞬間を即座に切り取ったものとなる。過去という時制が薄まり、話者の感動という主観の動きが込められた「切字」としての「けり」と説明される。

放哉の「しまつた」や山頭火の「た」も単純な過去ではなく、自身の直接体験した現在完了的な時制であり、またそこには英語の仮定法的主観が込められている。つまり文語俳句の「けり」という切字に極めて近い。放浪・漂泊の末の残念を抱き続け、それを句作に結びつけた二人だからこそ、「た」は単なる過去の助動詞としての用法を超え、「切字」としての性格を次第にあらわにしていった。

◆新興俳句　白泉の場合

渡邊白泉の代表句に

戰争が廊下の奥に立つてゐた

がある。新興俳句の作家たちは口語調を積極的に取り入れたものの、文末「た」止めの句はさほど多くない。『新興俳句アンソロジー』（現代俳句協会青年部編・ふらんす堂　２０１８年）では、幅広い視点から選んだ44人の作家を論じているが、そこで各自の代表句として選ばれた１００句ずつ、計４４００句のうちで30句あまり。作家別では、プロレタリア俳句の一石路、橋本夢道、戦後は口語俳句協会を組織した吉岡禅寺洞と自由律系の俳人が３人。「定型派」と見なされるのは白泉の他、鈴木六林男、高屋窓秋、永田耕衣、仁智栄坊、東鷹女、古家榧夫、細谷源二、堀内薫、三谷昭そして篠原鳳作ら人数では全体の四分の一ほどである。

その中で、寡作で知られる白泉の場合

銃後といふ不思議な町を丘で見た
憲兵の前で滑つてころんぢやつた
遠い馬僕見てないた僕も泣いた
気の狂つた馬になりたい枯野だつた

など『渡邊白泉全句集』（沖積舎　１９８４年）に収められた全１３００句中、「た」止めが10句強見出せる。創作時期は戦前から戦後にまたがっている。

その白泉は自身初の「た」止め句「銃後といふ」発表の前年に「我々の前には、逸早く五七五律を打ち捨て去つた人達の悲壮にして而も惨たる死体が累々と積まれてをりました。この轍を避けるべく、我々は凡ゆる力をつくさねばなりませんでした」（「俳句研究」新興俳句の業績を省る　37年6月）と自由律に対する批判を鮮明にする一方、「口語の使用価値を研究」したとも記している。言葉通りに受け止めるなら、白泉と周辺の新興俳句作家たちは、放哉の死後10年以上が経過し、山頭火の死の3年前に当たるこの時点で、プロレタリア俳句を含む自由律俳句について相応の関心を抱いていた。むろん「た」止めの句が頻出する事実も承知していたろう。

自由律が基調のプロレタリア俳句と定型派である新興俳句の間では、主に俳人以外のプロレタリア詩陣営から「俳句解消論」が主張されたこともあり、「定型」論をめぐって激しい対立があった。白泉の自由律批判もこうした文脈の中で捉えるべきものだ。

世界史的には35年、各国の共産党をソビエトロシア主導でたばねる国際組織コミンテルン第7回大会でナチス・ドイツの台頭に対抗し、反ファシズム統一戦線が提唱された。全体主義に反対するすべての勢力の結集の必要性が強調される潮流のなかで、プロレタリア俳句派「俳句生活」の一石路、夢道らと新興俳句派「土上」の東京三、榧夫、源二らの間で、それまでの対立を乗り越え、リアリズム論を接点とした「俳句人民戦線」結成を模索する動きさえ醸成されたとされる（横山林二「プロレタリア俳句運動の展開と『俳句生活』」『自由律俳句文学史』60年）。それが40年の俳句弾圧事件につながったことも事実だが、白泉の自由律批判の裏には、自由律・プロレタリア俳句にも学ぼうとの真意が隠され、それが「た」止めの使用に反映したのではないか。そうでなければ当時の自由律の文体の特異性を象徴する「た」止めをあえて用いようとは思わないはずである。

『新興俳句アンソロジー』に収められたコラム「新興俳句と口語」で神野紗希は「戦争が」

の句における「た」止めを時制上「過去完了形」と理解する。

過去形は、すでに起きてしまったどうしようもない事実を指し示す。戦争が廊下の奥にまで迫っていることは動かしようのない事実だということを、白泉は過去形を使って暴き出したのだ。

ただ、ここまで論じてきたように、この「た」を時制のみで説明することは、俳句の文体史という観点から句の画期性を捉えるには不十分だ。むしろ、白泉は「た」に文語俳句の切字「けり」と同等かそれ以上の意味を込めた、と理解すべきだろう。切字である以上、写生句における「けり」と同様、過去のニュアンスを漂わせつつ、現前でもあり得る。そこには単純な時制を超えた話者の主観が込められている。白泉の他の「た」止め句と比べてもシュールな表現の本作こそ、自身をリアルな一句として屹立させる「切字」のはたらきがより明確である。だからこそ、「戦争という不定形で巨大で底無しに不気味なものの存在するさま」（今泉康弘「渡邊白泉」『新興俳句アンソロジー』所収）を無季の最短定型というミニマルな器に押し込みながら、読む者に最大限の切迫と当事者性を実感させる。戦争を描くことを切口に無季俳句の確立を目指した新興俳句にとって、この句が「完璧な達成である」（同）とされるのも切字「た」の存在に負うところが大きい。

◆新興俳句　鳳作の場合

かはほりは月夜の襁褓《むつき》嗅ぎました

兜太は78年刊『愛句百句』（講談社）で、新興俳句の代表的作家である篠原鳳作のこの「た」止めの一句を取り上げている。再三指摘するように兜太は70年代を通じ山頭火研究に力を注ぎ、「た」止めの句が初めて登場するのも70年代半ばだった。

鳳作は06年、鹿児島市に生まれ、東京帝国大学卒業後は帰郷して「馬酔木」「天の川」などに投句。34年、吉岡禅寺洞の主宰誌「天の川」10月号などに発表した「しんしんと肺碧きまで海のたび」で無季俳句の旗手として一躍注目を集めた。36年9月、30歳で夭折するが、その年2月に長女を得た喜びを「赤ん坊」と題する連作に結実させた。発表は36年7月号の「天の川」。

鋭敏な鳳作は、月にしろじろと見えるおむつに赤ん坊のにほい《ママ》を嗅いだのだろう。それこそ月のひかりのにほい《ママ》ともに。そこに蝙蝠もちかづく。蝙蝠も嗅いだな、と親しげにおもうのである。「嗅ぎました」などという話しことばのしゃれた使いかたにも、この人の喜びようが見える。そして自由な才能がのぞく。

兜太ならではの「嗅覚」が「ました」止めに、鳳作の内面の顕わな表出と、詩的で自由な才能を嗅ぎ取っている。「太陽に襁褓かゝげて我が家とす」「赤ん坊にゴム靴にほふ父帰る」「みどり子のにほひ月よりふと白し」などの作に挟まれながら、完全な口語調のこの一句は、他の文語を基調とした文体と一線を画す。鳳作の生涯で唯一の「た」止めの句だろう。それが丁寧語の助動詞「ます」との組み合わせで、どこか説話的な――過去として述べつつ、読み手に眼前に広がる映像性を感じさせる――語り口は「昔男ありけり」という伊勢物語の冒頭の一文を思わせ、白泉が戦後詠んだ

まんじゅしゃげむかしおいらん泣きました

にも連なる。そこには「かはほり」「まんじゅしゃげ」とそれぞれの作者をへだてる壁がすっと消えてしまうアニミスティックな実感の存在が感じられる。

白泉は35年12月号の「傘火」誌上に「篠原鳳作論」、「句と評論」36年10月号には「鳳作昇天」を寄稿。さらに「廣場」38年6月号に「繃帯を巻かれ巨大な兵となる」など116句からなる「支那事變群作―故篠原鳳作の靈に捧ぐ―」を発表している。またそのはざまの37年に記した「新興俳句の業績を省る」では、山口誓子、水原秋櫻子、高屋窓秋、西東三鬼らと並べて、鳳作の6句を紹介し、そこには「赤ん坊」連作17句のうちから「赤ん坊を泣かしをくべく青きたゝみ」が含まれている。この時点で「かはほりは」の一句も知っていたにちがいない。

白泉にとって初の「た」止めの句「銃後と言ふ不思議な街を岡で見た」は翌38年の同人誌「風」

4月号に掲載され、その後、「京大俳句」39年5月号に「戦争が廊下の奥に立つてゐた」を発表する。ここに鳳作と白泉と言う新興俳句の両巨星の間に「た」を通じた文体伝達の経絡が朧げながら浮かび上がるようだ。

◆集約点としての兜太

この二人を結ぶきずなが、鳳作「かはほりは」や白泉「まんじゅしゃげ」と同様に説話的な語りを感じさせる兜太の

おおかみに螢が一つ付いていた

に秘かに流れ込んでいると感じられてならない。それを媒介していくのが、切字「けり」の口語版ともいうべき「た」の存在なのである。「おおかみ」という絶滅した存在に対し、現在完了でもあり得る「た」止めを使用することで、描かれた光景は虚実皮膜の間にたゆたい、不可思議かつ魅惑的なポエジーを醸し出す。

嵐山光三郎の証言によれば、このおおかみについて兜太は当初、三峯神社など山犬信仰の社に据えられた「石の狼」のことをほのめかしたという（2019年2月20日・映画「天地悠々」封切りイベント）。ならば、この映像は幻視ではなく、現実にあり得た景として十分説明がつく。その後、句が人口に膾炙するに従い、自身では

今も生きていると確信している人もいて、私も産土を思うとき、かならず狼が現れてくる。群のこともあり、個のこともある。個のとき、よく見ると蛍が一つ付いていて、瞬いていた。山気澄み、大地静まるなか、狼と蛍、「いのち」の原始さながらにじつに静かに土に立つ。(「自選自解百八句」『いま、兜太は』)

などと語るようになるものの、「狢狼」については語らない。ただ句が兜太の中に生まれ出た直後、いち早く嵐山の感触を確かめようとした事実は確かなようで

嵐山光三郎さんがこの句を読んで、「あんたの遺句だ」と言ったのを覚えている。

とも述べている。少々話がうますぎる感もいなめないが、「梅咲いて庭中に青鮫が来ている」がそうだったように、句が読み手のうちに生み出すものを巻き込みつつ、自句をたえず〝成長〟させていく姿勢が兜太ならではだ。ここで重要なのは、最短定型に込められた多義的な解釈を許す状況を「た」が大きく包み込み、一句として成り立たせる切字ならではの力学が実現している点であろう。

「戰争が」の一句も、兜太が白泉に直接たずねたところ、「戰争」は憲兵のことと答えた、ともいう。当時の講演会場には憲兵が張り込み、軍国主義批判に対し聞き耳を立て、言論を封殺

していた。それが事実ならば、「おおかみに」「戦争が」も本来の「狛狼」「憲兵」という実景的な映像が最短定型に収まることで象徴化され、さらに切字「た」が厚みのある語りの時間性を加えることで、俳句史上に屹立する普遍的作品となった、といえるのではないか。

以上、概観してきたように、兜太の「おおかみが」の「た」止めは俳句史上、おおもとに一茶がおり、放哉から山頭火、また一石路、夢道、一方で白泉、鳳作の流れも引き継ぎ、研ぎ澄まされていった結果生まれたものという思いを強くする。「た」という切字の存在を確立した記念碑的な作なのである。自由律、プロレタリア、新興俳句、そして兜太自身の出自たる人間探求派それぞれのエッセンスを、相互の対立を乗り越えて巧みに引き継いだ点で兜太ならではの一句であろう。ある意味で「人民戦線」という思想が世界史に及ぼしたインパクトと同等の潜在的な力をこの一句、なかんずく切字の「た」は秘めているのではないか。だからこそ、角川「俳句」２０１９（令和元）年5月号のアンケートで平成を代表する一句として圧倒的な支持を集めた。

同じ年の蛇笏賞を射とめた大牧広の生前最後の句集『朝の森』の帯にも全編を代表する一句として

敗戦の年に案山子は立つてゐたか

が掲げられた。「た」止め表現が俳句文体史のうちに確たる位置を占めた証しともいえよう。

言文一致運動の中で中核的な役割を担った「た」は、それまでの日本語の文末が敬語表現による人間関係や、主観的ニュアンスを過度に含意するため、近代文学が求める中立的かつ客観的な視点を確立できないことへの反省から生み出された。そうした視点の確保が可能な「無色透明」の言語空間の土台としての機能を担わされた存在であり、「韻文」から生まれた「切字」とは相いれないはずのものだった。

にもかかわらず、俳句文体と言う視点から、その無色の「た」が色彩豊かな詩語としての切字に再び転化していく過程を垣間見たことになる。ここに「俳句」という文芸の他の分野とは一線を画した独自性を見出すことも可能であろう。

第八章　最短定型と世界文学

兜太と山頭火の関係については従来、「放浪」「漂泊」などのキーワードを介して語られることが多かった。それらが、一所不住の語そのままに〝破滅型〟の生きざまを地でいった自由律俳人と、「定住漂泊」を掲げた戦後俳句の旗手という俳句界の二人のスターを結びつける分かりやすい要素であることは間違いない。

もっとも兜太自身は「（海程）創刊のとき、学校の先輩でもあった堀葦男と、自由律化していった河東碧梧桐の轍を踏まないようにしようと話し合った」（筑摩書房『金子兜太集　第一巻』後書）と振り返っている。自身の句業についても

十八歳で俳句をつくりはじめ、句集十五冊。かれこれ四、五千句はあるとおもうが、すべて五七調三句体の最短定型……

と断言した上で、

大戦後約十五年間の、いわゆる「戦後俳句」の意欲的な作り手のなかには、自由律をよしとし、他の長い形式を指向するものもいたが、私にはその気はなかった。いまもない。

と述べたように、兜太の「五七調三句体の最短定型」詩という俳句観は「自由律」と本質的に相反する面があった。筆者自身、句会の場で出句された自由律調の句に対し、厳しい批評を投げかける場面に幾度も出合っている。その兜太が、自由律俳人の代表格と見なされる山頭火を詳細に論じた背景は何だったのか。

◆兜太と「最短定型」

ひとつには、山頭火の本来的資質である「放浪」「漂泊」が、「原郷」「純動物」などのことばで表現される兜太独自のアニミスティックな存在論につながるものだったからだろう。晩年の兜太が強調した「存在者」のイメージの中心には小林一茶と並び、山頭火がいた。ふたつ目は、そうした存在者ならではの放浪と漂泊の様相を描くすべとして「自由律」という文体がふさわしいものであった点を指摘できる。五七五定型の枠に過度にこだわることは〝文体的定住〟への執着につながる。兜太も実際には

二十のテレビにスタートダッシュの黒人ばかり

今日までジュゴン明日は虎ふぐのわれか

など、前衛俳句時代から晩年に至るまで「五七調」を大きく逸脱する句を多数創作している。「今様談林」と評される原因となる一方、そこに兜太俳句の魅力の一端を見出す読者も多く、令和の今では後半生に五七五定型の句が相対的に増えたことを「定型からはみ出すエネルギーが弱まったのでは」と受けとめる声さえしばしば聴く。

兜太自身も自由律俳句の闘士・橋本夢道の「独特の韻律」について「けれんのない、生きている韻文。そのダイナミズム、その野性味」（『橋本夢道全句集』序文　未來社　1977年）と記した。また「海程」で師弟であり盟友関係にもあった阿部完市でさえ「破調」が晩年にやや後景に退いた印象があったことを捉え、生命的な力の減退と関連づけて評したこともあったと記憶する。確固たる五七五定型からの逸脱は兜太にとって動物的エネルギーの現れを意味した。

かのごとく「五七調三句体」を強調しつつ、それが伝統派の主張のような固定的な枠たり得ない兜太の「定型観」を最も端的に反映した言説はどのようなものだろうか？　「ああ言えばこう言う」を地で行っただけに、語られる前後関係や文脈で主張に揺れはある。そんな中、角川「俳句」1970年8月号に発表し、同年秋刊行の評論集『定型の詩法』に「造型俳句六章」などと共に収められた「土がたわれは」には簡明にして本質的な見解が示されている。折しも、その兜太自身にとって社会性・前衛俳句期から「衆の詩」としての俳句への転換期に当たり、その未来志向的な内容からも一種のマニフェストと規定して差し支えない一文である。

> いま、私の得ている結論は、三句体、十七拍の文語定型は、有季の約束をはずしても、独立詩形として成立可能（現在の表現要求に耐え得る）ということである。そして、将来のすがたとしては、現代書き言葉による変容を経て、新たな最短定型が展望されるわけだが、それがいかなる形をとるかは、まだわからない。—中略—　長い実作努力がつづき、やがて、現代の〈主体〉にふさわしい定型詩形が構成されてゆくことになるはずである。

現時点での俳句における日本語文語という文体的枠組みの相対的優位性を確認した上で、五七五定型が持つ力について、有季という条件なしでも最短定型詩としての俳句を成り立たせることが可能、と最大級の信頼感を明言している。有季と定型がそろわなければ俳句たり得ないとする伝統派と比べても意外なほど定型への信頼が大きい。半面、将来の問題として、より現代的な〈主体〉の表現意欲にかなう書き言葉のあり方は不断に模索されるべきであり、その新たな文体に最も適合的な「最短定型」の具体的な形態は実作を通じた試行錯誤の中から生み出される、と主張する。70年代の冒頭におけるこのような認識が、同半ば以降に「た」止めの句を生むようになる基盤となったことに注意しておこう。

　この兜太の定型論で、比重が置かれているのは「五七調三句体」以上に「最短定型」の部分である。一句の持つ言語上のデータの最小限性《ミニマル》が俳句を他の文芸ジャンルと峻別する本質であり、それを唯一の立脚点とする観点が根幹にある。その点を重視するからこそ、使用する言語の特質に応じ、最短定型の具体的な形は実作を通じて獲得されるべきであり、多様な言語・文体に向かって頭ごなしに「五七調三句体」を強制することは独善以外の何ものでもない――これが兜太の基本的な立場である。

言葉とは音声もしくは文字化された情報の受け渡しによる心的内容の移転とされる。通常は情報量が多ければ多いほど、より詳細な内容を伝えることが可能であり、近世以降のテクノロジーの発達はそれを高速かつ広範囲で行うことを実現した。

一方で、芸術表現の世界では逆説的に装飾的・説明的な部分をできるだけ削ぎ落としたシンプルさの重要性＝ミニマリズムという視点も意識されるようになる。現代美術界では、フランク・ステラやドナルド・ジャッドらのミニマル・アート、さらに日本ではその影響を受けつつ、素材に自然物を取り入れた関根伸夫、李禹煥らのモノ派が現代美術の中の大きな流れを形成した。最小限性《ミニマル》という枠を設定することが逆に豊穣で広やかな世界を生み出し得る逆説的な力学を、兜太は自身の選集の後書で「『芥子粒に須弥山《しゅみせん》を容《い》れる』ほどの詩境を獲得しようとしてきた次第」とも語る。大乗仏教典の維摩経に由来する思想である。

兜太にとって俳句定型は、日本語文語であれば五七五の計17音に込められる情報量が「上限」の目安となる点がまず重要である。データ過多こそが俳句を俳句とは異なるものにする。その点で自由律俳句といっても、山頭火や尾崎放哉の場合、五七五の計17音を大きくはみ出す作は

かなり例外的な存在だ。二人の作句が頂点に達した同時代に、二人の師である荻原井泉水は

そのうち落語でも聞きにゆきたい妻と秋の團扇

と詠む。やはりその膝下からスタートし、山頭火らより二世代ほど若い橋本夢道は、自由律形式のうちにプロレタリア俳句の実践を志し

僕を恋うひとがいて雪に喇叭が遠くふかるる
煙突の林立静かに煙をあげて戦争の起りそうな朝です
渡満部隊をぶち込んでぐっとのめり出した動輪

など長尺の作を残した。放哉、山頭火にもそれぞれ

漬物石がころがつて居た家を借りることにする
トマトを掌に、みほとけのまへにちちはははのまへに

などが存在する。ただ、それは例外的なものにすぎず、より短い表現が真面目とされる。

「美しい日本」に執心し、1972年に自裁した川端康成の生前最後の発表作品「隅田川」で、老いた主人公は秋も盛りの頃、東京駅の通路で街頭録音のためのマイクを突きつけられる。

「季節の感じを、ひとことふたことで言つて下さい。」

「若い子と心中したいです。」

「心中？　女と死ぬことですね。老人の秋のさびしさですか。」

「**咳をしても一人**。」

「なんと言ひました。」

「俳句史上最も短い句ださうです。」

（太字は本論筆者の付加）

放哉にはほかにも

墓のうらに廻る

などがあり、山頭火に

鐵鉢の中へも霰

おとはしぐれか

がある。碧梧桐や井泉水の自由律に批判的だった兜太が放哉、そしてとりわけ山頭火に共感を寄せたのは二人が自由律の中でも短句中心の創作を行ったからに他ならない。

◆日本語の特質と17音

注意すべきなのは「最短定型詩形」の意味である。音にすれば「せきをしてもひとり」となる放哉の一句が、川端の言う通り俳句史上、すなわち世界の詩文で最短の作であるとして、この六三が定型詩として定着しうるか？

計9音で詩を時に形づくることはできても、詠める句の総数が差し迫った問題となる。六三を定型として詠みつづければ、すぐに類句ばかりが目立つことになろう。兜太が言う「最短定型詩」とは、多様な内容を持ち、人間にとって無限と感じられる広がりを保ちつつ、森羅万象を表現可能な広さを持つ言語空間を前提とした最小限《ミニマル》を意味する。形式的普遍性、その事実上の無限性を前提とした最小であり、それは日本語文語では17音程度になるというのが兜太の結論である。

ここで注意すべきなのは、17という「音数」は最短定型詩型という普遍的な概念を日本語に適用した場合の個別解という点だ。それがミニマルであることが第一義的なのであり、音数の数字自体に過度の普遍性を見出そうとする姿勢は文学的ではない。むしろ「四、九、十三は縁起が悪い」というたぐいの数秘術的発想につながりかねないからである。

音数とデータ量の対応関係は言語ごとに異なる。たとえば、日本語は母音、子音とも英語と比べてその種類が圧倒的に少ない。日本語で「あ」と発音する母音が、英語では「æ」「ʌ」「ɑ」「ə」などの記号で示される異なった音であり得る。子音も「l」と「r」、「θ」と「s」などは異なる音だが、日本語ではほとんど区別されない。音の種類が多ければ、少ない音数でも他の語との差異は明確となり、表現できる情報量は増える。実際、母音の発音に四声を持つ中国語に対し、それがない日本語では〈漢語〉を音声化する際に膨大な同音異義語が生まれた。これは音声面での「差異」を前提に構築されたソシュールの言語学からするとありうべからざる現象である。

にもかかわらず日本語が成立しているのは、ひとつに書き言葉では漢字／かなという異なる文字を共用するエクリチュールの多様化でこの問題に対処しているためであり、ふたつには文脈や言外の状況に対する読者の高度な理解と忖度を求めるハイコンテクスト性を前提としているためである。日本語自体の構造も、主語が本質的に不在、もしくは存在しても修飾語的なあり方にとどまり、述語部分にその行為や様相の主体に関する情報を入れ込む形をとることによって、これに適合しているといえる。

このような音声面での特性ゆえに日本語は1500年以上にわたる歴史の中で、一句で「切れる」＝独立して存在し得る定型詩型は最低17音程度が必要と経験的に知った。筆者は、季題・季語の問題も発句に17音での「切れ」をもたらすための巧妙な手法として考えてよいとさえ思い始めている。それは、短歌から発句が生まれる過程でのさまざまな試行錯誤から見出されたものではなかったのだろうか。

連歌・連句において自己完結性としての切れが求められる発句は一貫して五七五の17音が基調であり続けた。五七の12音まで短縮し、五七／五七とつなぐ形式は定着していない。発句を起源とする俳句の「切れ」は、独立したひとつの世界を普遍的、再現的に築き上げるための最小の情報量としての「最短定型」と密接に関係している。実際、付句としての平句は五七五の17音と七七の14音が両方存在し、そこから独立・発展した川柳は当初七七の形式も試みられたとされるが、結局五七五が圧倒的となった。一方、川柳に遅れて成立した都々逸は七七七五の26音を基本とするが、独立した文学形式として今も成立しているといいがたい。

兜太の言葉を借りれば、日本語文語において言葉を詩として成立させる「詩境」を準備するために十分かつ最低限の情報量に対応した普遍的な音数として14音でも26音でもなく17音が浮かび上がった。それが、七七という中国語をはじめとする数多くの言語による伝統詩の基礎をなす対称的《シンメトリー》な「対句」形式でなく、五七五という非対称的《アシンメトリー》な「三句体」に対応した点に、対称より非対称を好む日本文化の一つの傾向を見てとることもできよう。

実は、五七五の三句体形式は「句またがり」によって対句に近い効果を生むことが可能である。

萬緑の中や／吾子の歯生え初むる

は17音を句またがりによって8音と9音に分割し、他の句と並べた場合、五七五の「三句体」形式と七七の「対句」形式の韻律が混在する連句に近い感覚を生む。その操作は「対句」形式を「三句体」形式に変換するより、自然に行い得る。そうした柔軟性の高さをも俳句は五七五の17音定型によって獲得することができた。

◆世界文学化と最短定型

英語や中国語は多くの場合、同じ情報量を日本語より少ない音（シラブル）数で伝えることが可能だ。それは実際に日本語の俳句を各言語に翻訳し、また575シラブルの詩をそれぞれの言語で創作してみると実感できる。中国語の場合、「漢俳」として確立したその形式による実作は、しばしば日本語でいえば短歌的とも思える内容を持つにいたる。

董振華の句集『聊楽』（ふらんす堂　2019年）では、日本語による俳句と自身による中国語訳が掲載されている。

　北京の古き良き多岐多様柳絮飛ぶ
　　古老北京城／多姿多彩多底蘊／柳絮满天春

など、漢俳形式による訳も登場するが、むしろ少数派。

　送別に落桜紛々四面悲歌
　　送別恩师樱纷落／四面闻悲歌

のように七五、ほかにも七七、五五など、より少ない字数の訳が多数を占め、表現的にも俳句らしさを感じさせる。

兜太自身、『俳句のつくり方が面白いほどわかる本』（中経出版　2002年）の中で、俳句の国際化について触れ

　日本特有の文芸であった俳句は、現在、外国でも人気があります。

欧米ではローマ字で「ＨＡＩＫＵ」と書き、中国では「漢俳《かんぱい》」と呼んでいて、いずれも「短い詩」の一種のような受け取り方をされています。

外国で俳句が好まれている一番のポイントは「俳句は短い」ということです。かつて欧米の場合は、詩を書くのはエリートがやることであり、庶民が書くのは「詩の堕落だ」という認識がありました。しかし、俳句のように短いかたちが入ってきたことによって、誰でも詩が書けるようになったのです。

中国の場合はもともと同じ定型詩があるのですが、欧米の場合は言語の成り立ちが違うので、五七五という定型がはまりません。

私はよく、「五七五が無理だとすれば、例えば三四三とか二三二でもいいから、きちんと定型にするという考え方を持ち込んで俳句を作る気はありませんか」と聞いてみます。しかし、そうしたやり方に欧米の人は興味がないと言い、あくまでも「俳句は自由な短い詩」というかたちになっています。

ゲーリー・スナイダー（アメリカの優秀な俳句の作者、詩人）に言わせると、「少なくとも英語をはじめとする言語は、五七五のかたまりで弾みをつけるというのではなく、語の勢い（彼はストレス〝ｓｔｒｅｓｓ〟と言っています）で詩に弾みをつけるのであって、日本と最短性の意義を強調する。その上での考え方とは異なる」と言っています。

「俳諧自由」を訴えてきた兜太は、ある意味で現在の欧米における俳句のあり方を先取りする形で自ら実作し、理論化もしてきた。日本語と音韻観の異なる他言語で五七五形式が適合的でなく、日本語の自由律俳句に接近した形態の作品が主流となったとしても、「最短定型」性が保たれていれば、むげに否定することはしない。ある言語における俳句のあり方は「最短定型詩」であるという大原則が保たれる限り、その言語の使い手に任せるべきである――そのような兜太の姿勢が読み取れる。それは季題・季語の捉え方についても同様だ。

外国では日本と自然や季節が違いますから、日本の季語はあてはまりません。そこで、欧米でも自分たちなりのものを作ったらどうかと思ったのですが、彼らはそうした考え方にはなじみません。詩の言葉に「歳時記」のような共通語を設けるのが嫌いなのです。「詩の言葉は自分の好きな言葉を使えばいい、共通語を設けるのは自由の束縛だ」などと考えています。

日本では長年の詩歌の伝統があり、「みんなが共通の理解のうえに短い定型に言葉を入れれば、連想できる範囲が広がるし、便利だ」ということで長年使ってきました。

そこに芭蕉のような哲学が入り、非常に内容が豊かな言葉として使えるようになってきたのです。それは、日本の伝統、習慣によるものですから、外国とは違う素地があるのです。

季題・季語の問題も、日本の地勢学的なロケーションを前提とする兜太の姿勢は明らかだ。高浜虚子の場合、戦前、日本の統治下にあった南洋諸島などにおける「南方（熱帯）季語」の試みのように、地域ごとにその風土に合わせた季題を採用し、独自の歳時記を編纂する試みに一時は傾いた。時の日本の国策に沿う形であったにせよ、俳句の「国際化」を目指して五七五定型は維持しつつ、地域性を加味して季題に修正を加える立場であり、俳句における定型の優越性、先行性をうかがわせる。

敗戦によりこの路線が放棄され、以後の虚子に定型と季題の問題はいずれが優先するか、という問題意識は薄れたように思える。これに対し兜太は、俳句のミニマル性を前提に、季語・季題をその中で詩的な飛躍を果たすための技法と見なし、「切れ」の概念と直結する最短定型性の方を優先させている。これが以後の俳句の世界文学化の流れの中で大きな意味を持つに至った。

日本人が「五七五定型」にしばしば文学論を超えた思い入れを抱きがちなのは、古事記や万葉集など日本文学の源流となる書に登場するためだろう。中国文化の渡来以前の「原」日本文化が起源という思いこみが生じやすいのである。しかし、第五章で『詩經國風』に関連して指摘したように、日本語学者の犬飼隆は万葉集以降の「和歌」の起源について、日本列島に以前からあった民謡などの「うた」を7世紀になって大和王朝が意図的に編集し、当時の中国で最先端の文芸形式にはめこんだ可能性を指摘する。

先の改元では、「令和」が「国書」である万葉集に出典を持つ初の元号として、ある種の政治的意図を込めて喧伝された。このような風潮のもと、五七五定型の墨守を旨とする「伝統」俳句では〈漢語／やまとことば〉が混在する日本語を用いながら〈漢語〉の使用頻度が不自然に低い現象も生じているのではないだろうか。

◆先見性と生きもの感覚

兜太は1968年に「構築的音群」（『定型の詩法』収録）と題し、詳細な日本語韻律論に踏み込んだ俳句定型論を発表している。福士幸次郎、土居光知、時枝誠記、林原耒井《らいせい》らの学説を参照し、「日本語の基本的リズム形式が等時的拍音形式」との基本的認識に立ちつつ、結論的には林原の「定量自由律」説への接近をうかがわせる内容である。林原説は五七五を正規の格としつつ、21～15の音数内で「（正格の）定型句の同伴者たる非定型句」をも俳句として認めようとした。それまでの破調的な戦後俳句の達成を俳句形式論の内に明確に位置付けながら、これからの俳句のあり方を模索する姿勢がそこに示されている。

一方、そのわずか2年後に発表した「衆の詩」時代へのマニフェスト「土がたわれは」で兜太は音韻論にはほとんど触れず、「海程」創刊以来の主張である「最短定型」を改めて前面に押し出した。さらに、『俳句のつくり方が面白いほどわかる本』で触れたように、その後の俳句の国際化の潮流の中で日本語と他言語との間で、最短定型を音律化した具体的型式が異なるものとなることを事実上認めた。

こうした態度の根本には、他言語に17音を安易に適用すると俳句の本質たる最小限性《ミニマル》が破壊されることへの懸念があったと思われる。音数という概念自体、「等時的拍音形式」を持ち、子音がほぼ母音に接続される日本語と、「強勢アクセント間の等時的傾向」を持ち、子音が単独で発音されうる英語のような言語では異なった意味を持つ。「構築的音群」に記された俳句の韻律への洞察を深める過程で、日本語の音韻的な特異性を見出していったのである。


兜太が最初に俳句を「最短定型詩」と捉える考え方に至った時点で、将来の俳句の国際化や世界文学化までを念頭に置いていたわけではない。むしろ自身の内から湧き起こってくる伝統破壊への動物的エネルギーと、外在的な既存の枠とのぶつかり合いの中から、妥協の産物として生まれたものだったのかもしれない。しかし、半世紀以上経った現在、「最短定型詩」という捉え方は俳句の世界文学化に向けた普遍的理念と受け止められつつある。

自らは日本語による表現に集中しながら、世界文学への潮流をも先取りした兜太——その先見性を「動物的な勘」という言葉で片付ける安易さを気に懸けつつ、なおそうとしか表現できない何かを感じもする。それこそが「生きもの感覚」をモットーとした兜太の真骨頂だったと思わずにはいられない。

第九章　呼びかける俳句、眺める文学

そもそも師の他界直後の錯綜した思いの中から筆を起こした追悼文である「兜太、ヒューモアとしての」を序章とし、続けて「兜太再見」というコンセプトのもとに記したここまでの八章では、議論の全体を貫く体系的な構造を明確にしないまま、多くの「伏線」的な論点を示してきた。いわゆる「大風呂敷」を広げたかっこうになっている。畳めなければ、無責任のそしりは免がれないだろう。記す立場として全体の骨格はいかなるものか、自らに問い返すタイミングでは確かにある。そう考えた時、浮かび上がってくるキーワードが「時枝誠記《ときえだもとき》」だ。

1900年に生まれ、67年に没したこの国語学者が唱えた日本語論は「日本語四大文法」の一角に数えられる。吉本隆明、柄谷行人ら戦後思想界の錚々たる面々による論及の対象となり、小浜逸郎『日本の七大思想家』（幻冬舎新書　2012年）には福澤諭吉、小林秀雄、丸山眞男らと並んで登場する「知の巨人」である。

時枝自身は「国語学」の枠をはみ出す研究を行ったわけではないが、実証的研究のみならず基本理論への志向が明確で、晩年は「言語生活史」の体系的記述を構想していたともされる。

それが思想・哲学の分野からの注目を集めるひとつの理由だろう。一方、専門学会では師でありライバルともなった橋本進吉の理論が主流を占め、学校で教えられる「教科書文法」の根幹を成している。「文節」という原子的概念を基礎に構築される橋本文法の体系性はある意味で古典物理学に通じるものがあり、教育の現場で扱いやすいとされる反面、まさにその点こそが時枝の批判の的ともなった。

昨今の俳句界では、文語文法をめぐるさまざまな議論が散見される。「文法の時代」などというキャッチコピーが出現するゆえんでもあるのだが、印象としては教科書的な文法知識の枠内に収まるケースが大半だろう。橋本文法的な言語観に安易に立脚している分、同文法由来のゆがみをしばしば抱え込んでいる印象さえある。時枝であれば、日本語そのものへの無自覚の結果、印欧語由来の文法概念を機械的に適用することで、ソシュールによる「言語構成説」の誤りを繰り返していると批判するにちがいない。

◆時枝と兜太の通底性

時枝の体系には学問的厳密さを旨とするがゆえの煩雑さや、橋本文法の中心概念である「主語」の存在を否定する画期的立場に立ちつつ、助詞「は」と「が」の使い分け問題について多くを論じていないなどの問題点も指摘される。にもかかわらず、時枝文法は提唱者の没後半世紀を超え、なお専門学会とは別の沃野に芽吹き、花を咲かせる生命力を持つ。そこには没後4

年を経て、なお俳壇の内外に数々の話題を生み続ける兜太に通じるものがあるのではないか。そのような直観が筆者の中で二人を結びつける力となり、時枝の主著『国語学史』（１９４０年）、『国語学原論』（41年）、『国語学原論　続篇』（55年）などを読み通す機会につながった。一方で兜太の遺した論文中にも、時枝への言及が存在することにも気づくことになった。それはたとえば本論ですでに紹介した『定型の詩法』（70年）所載の「構築的音群」（68年）、さらには『海のみちのり』（92年）所載の「『情《こころ》』と俳諧」（79年）などである。

等時拍のリズムを原型として、そこに音歩を織り込みつつ五・七調をみるとき、すくなくも「五・七・五の対比の上に構成せられる美の要素」（時枝誠記）——まで予定しなければならないのであって、単なる短さ、単なる力強さだけでは、この音結集の本当の魅力の説明にはならない。（「構築的音群」『金子兜太集　第四巻』筑摩書房　２００２年）

時枝誠記氏は、たとえば「雨は淋しい」というとき、そこには、雨そのものの淋しさの事実と、雨に感じる淋しいおもい（情緒）との重層性がある、と書いていた。こういう、ことばがもつ、雨（天然）と主体との相即不離の状態は「情《こころ》」の表現構造に傾斜があっては、あらわれてはこないはずなのである。（「『情』と俳諧」同）

これを見る限り、兜太が音韻や「物と情」という重要な論点をめぐり、時枝の主著について拾い読みにとどまらないアプローチをしていたのは確かだ。それ以上の影響関係は現時点で把握できていないが、本論は実証的に二人の関係性を追求することが第一義ではない。

むしろ父子に近い年齢の差にもかかわらず、戦争への道を進む大日本帝国でエリート知識人とその卵として片や朝鮮半島で帝大教授、片や南洋で主計将校の立場に身を置いた二人が、その共通体験を基底としてきわめて接近した言語思想的な足場を共有したことに大きな興味をおぼえる。それは日本語という極めて特殊でありつつ、各国語に通じる普遍を秘めた言語の内部で世界最短詩型としての俳句が生まれ、やがて世界文学としての普遍性を持つに至った根拠を示すことにもつながると感じる。

◆時枝のソシュール批判

主著『国語学原論』に盛られた時枝言語学・文法学の要諦について小浜は『日本の七大思想家』で次のように項目立てている。

①言語過程説
②言語の存在条件の規定
③「詞辞」論
④日本語は「風呂敷」型・「入れ子」型構造、印欧語は「天秤」型構造

⑤「零（ゼロ）記号」論
⑥「述語格」論
⑦意味論
⑧敬語論

筆者の理解に従い兜太の実作や俳句論との関係をざっと記せば、①は社会性俳句論と「写生俳句」批判、②は造型論、③④⑤⑥⑦は最短定型論と漢語の多用や助動詞「た」に代表される独自の俳句文体のあり方、さらに⑦は晩年の「存在者」や「ふたり情（ごころ）」論などと密接に触れ合う。また④から⑥に至る議論は俳諧・俳句の本質に直結しながら、いまだ十分に議論が尽くされたとはいいがたい「切れ・切字」論に直結する。ここでは手始めとして時枝言語学の根本理念である「言語過程説」と兜太の社会性俳句論との関係を見ていきたい。

①について小浜は「（時枝は）ソシュール言語学を『構成主義的言語観』と批判して社会的構成実体としての『言語（ラング）』を否定し、これに代えるに実際の言語表現活動にのみ言語の存在を認めるという立場を主張した」と説明する。本論では俳句に接触する限りでの時枝思想を問題にするため、「言語過程説」の概念的な解説は極力省き、『国語学原論　続篇』（以下『原論続』）で展開された時枝の文学論を中心に考察したい。ただ、そのためには小浜が指摘するようにスイスの言語学者フェルディナン・ド・ソシュールが『一般言語学講義』で主張し

た「ラング」という考え方に対し、時枝が真っ向から噛み付いた事実はおさえておく必要がある。

注意が必要なのは、時枝の時代に「ソシュール言語学」として理解されていた内容は実は一面的なもので、以下に紹介するソシュールの理論はあくまで当時の理解に基づくものにすぎないということだ。後に発見された手稿などに基づく最新の研究成果を踏まえれば「ソシュール言語学の全体像は、時枝が考えていた『主体表現としての言語』という概念をも包摂するものであることがほぼ明らかとなった」（小浜・同書）という。ただ本論は純言語学的立場からソシュールの主張を解明する趣旨ではなく、あくまで時枝のソシュール理解を前提に議論を進める。実際、20世紀終盤に至るまでの、特に日本ではそのレベルの理解で以下に登場する〝ソシュール用語〟を我田引水的に乱用する言語・文学論が横行した。時枝の議論もこうした偽ソシュール主義者に向けたものだったと解すればよい。

「ラング」についてソシュールは「シニファン（音声）」と「シニフィエ（概念）」が結合されたものであり、実際に言語を用いる個人から独立した社会的実体として存在すると説明した。イメージとしては「辞書」と「文法書」を考えるとよい。ラングは具体的話者と一応切り離された辞書的なものとして客観的に存在し、それが文法書に示されたルールに基づいて構成されるとき、コミュニケーションのツールとなる。話者の「思想」（それは「社会主義思想」的用法ではなく、人間の内面ということ）を聞き手に伝達するための有効な道具と化するのである。

そもそも音声と概念が必然性なく、偶然結びつく形で生まれたとされるラングは恣意的、形式的な存在で一定不変のものでもない。しかし社会的な実体として認知されることで、法律がそれを破れば不利益や罰則を被るのに似て、規範的な通用力を持ちうる。ソシュールはそこにラングの社会的な実体性を認めた。

ソシュールによれば、実際にラングが用いられるのはランガージュ（言語活動）の現場である。そこで実際に飛び交うパロル（言）にはさまざまな誤用・誤解、省略、逸脱なども生じる。言葉の生き生きとした躍動が現れ、詩や文学の立ち上がる場にもなる。ただ、その多くは心理学や脳科学、社会学そして文学が対象とすべき課題であり、基本的に言語学が向き合うのは、整然としたラングの次元とされるのである。

ソシュールは19世紀中葉に生まれ、第1次世界大戦前に他界した。彼のうちにはその時代精神を反映し、言語学を自然科学的体系に近づけることへの志向、対象を原子論的な分析のまなざしで捉え、全体を演繹的に構築することへの欲望が強くあっただろう。それが変転してやまない言語をある時点で切り取り、その静態的な姿をラングとして観察の対象とする立場に向かわせたともいえる。

20世紀に入ると、ソシュールが自身の言語学のモデルとして考えた（と時枝が確信した）機械論的で演繹的構造をとる古典力学体系が実は近似的なものであり、絶対とされてきた時空の概念さえ相対的であることがアインシュタインによって暴かれた。さらに直後、この天才の想定も超える形で量子論が対象の存在と人間の認識の間の不確定的な関係を示す。そうした中、いち早く「ソシュール批判」を展開した時枝の慧眼は高く評価されるべきだろう（『国語学史』岩波文庫　藤井貞和「解説」）。

◆構成主義的言語観と俳句

ラングの概念を俳句の世界にあてはめるとき、歳時記の存在に思いがいたる。有季定型論の立場からは、これと花鳥諷詠のために必要な詩語集（そこには『憲法九条』などは含まれず、〈やまとことば〉が主体となる）、文語文法の解説書が存在すれば、そのまま作句が可能となる。近年、話題となっているＡＩ（人工知能）による俳句作成構想の土台にはこうした発想が見出されるにちがいない。

高浜虚子が「客観写生」「花鳥諷詠」という流れに託し示してきた俳句観のおおもとには、大衆化の問題を見据えつつ、俳句的ラングの整理と俳句が俳句である要件の形式的確定（有季定型による花鳥諷詠）によって、俳句の世界を古典力学的かつ演繹的な整序と観照の世界へと近づける欲望の存在が感じられる。実際、ホトトギスが昭和初年に迎えた黄金期の二枚看板、水原秋櫻子、高野素十はともに医学の徒であった。二人はやがて客観写生の是非をめぐり袂を分ち、「文芸上の真」を唱え、ホトトギスを去った秋櫻子は一見、こうした体系性に組み込まれることに反発したかに見える。しかし

甘草の芽のとび〳〵のひとならび　素十
梨咲くと葛飾の野はとの曇り　秋櫻子

と並べてみると、主体が対象と一定の距離を取り、観照する姿勢は大きく変わるものではない。それは明治維新後の日本で西欧合理主義に裏打ちされた科学的な態度と受けとめられたのではないか。

たとえば、虚子が俳句論としての「客観写生」を明確に打ち出す前の

春風や闘志いだきて丘に立つ

と比較すると、両者はむしろ同じ側におり、秋櫻子がホトトギス離脱後に主観性をより強調したとされる

冬菊のまとふはおのがひかりのみ
瀧落ちて群青世界とどろけり

にしても、結局のところ観照的自己の枠内にとどまっている。

◆「眺める」／「呼びかける」文学

時枝の言語過程説から導き出される文学観は端的に「文学は、本質的に言語そのものである」と定式化される。一見、当たり前すぎて、そのユニークさが受け止めにくいが、万葉集に収められた一首を例に、時枝はこう主張する。

いは走る垂水《たるみ》の上のさ蕨《わらび》の萌《も》え出づる春になりにけるかも　（万葉集、一四一八）

という、いわゆる文学的表現も、それが表現であることにおいて、「草が緑だ」「春になった」などという日常の言語表現と異なるものではないのである。「いは走る垂水」の歌には、作者の感動が籠《こ》められているが故《ゆえ》に文学であると云うかも知れない。しかし、「草が緑だ」「春になった」という表現に、話手の一陽来復の喜びが寓せられていないなどとは云えないのである。言語と文学とは、それが表現であることにおいて、これを連続的なものと見なければならないのである。（『原論続』岩波文庫）

すなわち言語過程説からは、「芸術的な言語と、芸術的でない言語の間に、一線を劃《かく》することが困難」であり、「言語が、美的享受の対象となり、鑑賞に堪える鑑賞性を持つということは、言語が、言語としての（実用的＝柳生追加）機能を果すことに即して実現する」ことが導き出される。

これは第四章で紹介した兜太といとうせいこうのやりとりを思い起こさせる。「自分には『憲法九条』は最も詩の言語から遠い言葉という既成概念がある」とするいとうの問いかけに、兜太は「(憲法の言葉を) 法律用語として特別視するのは日本人の後進性。(自分は) 言葉は区別しない」と宣言した。その兜太が

梅雨空に「九条守れ」の女性デモ

の一句に対し、公民館報への掲載を拒否した自治体の対応に反発し、中日・東京新聞の紙上で「平和の俳句」公募を始めた事実は、時枝と文学観を共有することの証しといえる。両者の文学観に立てば

言語は、報告や説得や命令や禁止や求愛や挨拶《あいさつ》等の表現によって、相手との種々な対人的関係を構成するのであるが、同じことが、いわゆる文学と云われるものにも存在する(『原論続』)

ことは当然となる。

近代文学において、たとえば俳句でいう「挨拶」は特定集団内部の座興的な要素としてややもすると貶められてきた。桑原武夫の「俳句第二芸術論」も、特定集団の内部に向けた挨拶性を尊重する俳句のあり方への批判とも読みうる。このような文学観は、時枝からすれば、文学が「作者のある対象に対する感情情緒の表現であり、文学の文学たるところは、表現せられたる感情情緒の質的差異にある」「自然人事に対する作者の観照的態度の所産である」と解されてきたことの反映であり、全くの誤りというほかない。それは恋愛という直截な感情の発露に

対する態度でも同様だ。

ほと丶ぎすなくや五月《さつき》のあやめ草あやめも知らぬ恋もするかな　（古今集、恋一）

風吹けば峯《みね》にわかる丶白雲のたえてつれなき君が心か　（同、恋二）

など、「恋うる心のほとばしり出たものではなく、眺められた恋情」「特に恋愛の対象として呼びかけられている相手というものは表現面には出て来ない。云わば、独白的な表現」こそが文学の正道とゆがんだ形で位置づけられた。これを時枝は「眺める文学」と名付ける。

一方で、たとえば

君が行き長くなりぬ山尋ね迎へか行かむ待ちにか待たむ　（万葉集、八五）

夕やみは道たづたづし月待ちていませ我が背子《せこ》その間にも見む　（同、七〇九）

三輪山《みわやま》をしかも隠すか雲だにも心あらなむ隠さふべしや　（同、一八）

の3首については

作者によって、眺められている対象の世界を持っていない。―中略― ただ、相手に対する「問い」「命令」「誂《あつら》え」を表現したものである。それらは、眺められた自然人事の描写の文学ではなくして、相手に「呼びかける文学」である。

時枝は日本の文学が「眺める文学」一色に塗りつぶされていった原因を探究し、その契機を初の勅撰集である古今和歌集に見出す。

かくてぞ花をめで、鳥をうらやみ、霞をあはれび、霧をかなしぶ心ことばおほく、さまざまになれりける。

と仮名序に記した同集が、万葉集以来の「『呼びかける文学』に対して、『眺める文学』の優位を主張した」点をクローズアップする。

そこでは、自然はもとより、人間の心も、恋愛も、すべて観照の対象とされ、ここに、古今集以下の勅撰集的和歌の系列が生み出されることとなったのである。—中略— この基準に照《てら》して見るならば、万葉集以来、その重要な部分を占める「呼びかける歌」は、「まめなるところには、花すゝきほに出《いだ》すべきことにもあらず」（古今集序）として、勅撰集からは締め出されることになったと考えられる。

「眺める文学」は必然的に景の描写を旨とする美術に接近する。絵画の言葉を用いない表現は、言語そのものでない文学のあり方につながるのである。絵画が画材を媒質として用いるように、「眺める文学」は言葉を対象の表現のための素材・手段と見なし、「思想」を伝達することが文学の本義となる。近代俳句でも一般に「感動を表現する」などと言い慣らわされるように、観照から生まれる「思想」を至上とする芸術観に傾く。そこでは、言語は文学そのものではない。言語学と文学が別の分野として扱われるのも同様の発想に基づく。

時枝はこうした文学観とソシュールの構成主義的言語観の間に同質性を見てとった。文学を絵画に見立てればラングは絵の具である。絵の具箱の中に整理され、画家はそこから適宜必要な色を取り出して自身が観た「対象」を描く。観る者は塗られた絵の具を観ていながら、描かれた「対象」を観ていると思い込む。その時、絵の具は単なる素材であり、対象を描くための手段となっている。

さらにソシュールによれば、ラングは概念《シニフィエ》＝思想と音声《シニファン》の偶然の結合である。この構図もまた音声が思想を伝えるための媒質であり手段という文学観につながる。「眺める文学」は観照によって生じる「思想」が先行して生まれ、それを伝えるのに適した表現を数々のラングの中から見つける――。この発想がソシュールの言語観と容易に結びつく。

◆「呼びかける」社会性

和歌を考える時、「勅撰」という形式自体が極めて政治的な性格を持っている点はいわずもがなだ。そこで「眺める歌」路線の優越が確定したことの影響は計り知れない。にもかかわらず、言葉そのものの自然なあり方の延長線上に実った万葉集の世界が文学から抹消されることはなかった。

その例証として時枝は、鎌倉時代後期に革新的な歌人として登場した京極為兼の言を挙げる。

万葉の比は、心のおこる所のまゝに同事ふたたびいはるゝをもはゞからず、褻《け》晴もなく、歌詞たゞのことの葉ともいはず、心のおこるに随《したが》ひてほしきまゝに云ひ出せり。(『為兼卿和歌抄』歌学大系巻四)

そのような万葉歌のあり方を古今以下の勅撰歌と比較し、次のようにもいう。

言葉にて心をよまむとすると心のまゝに詞のにほひゆくとはかれる所あるにこそ(同抄)

言葉で心を詠もうとする古今集以下と、心のままに詩語が生き生きとした美しさを体現する万葉集を対比して捉えている。

さらに連歌を革新する形で俳諧が生まれた経緯に触れ、『三冊子』中の「白さうし」から次のような俳論も引く。

春雨の柳は全体連歌也。田にし取烏《とる》は全く俳諧也。五月雨《さみだれ》に鳰《にほ》の浮巣《うきす》を見に行くといふ句は、詞《ことば》にはいかいなし。浮巣を見にゆかんと云所俳也。

勅撰集風「眺める歌」の立場によれば、鳰の浮き巣は「見に行く」＝観照の対象として描かれるべきで、「見にゆかん」という主体的意思の表明や呼びかけの意を込めた発想は文学的でないとみなされる。しかし『三冊子』を記した服部土芳と師芭蕉の俳諧観は、その連歌的な文学観をそのまま受け入れはせず、むしろ

日常的な題材、生活的な題材に、新境地を見出し、そこに、文学を見出そうとした俳諧が、語彙の上ばかりでなく、発想においても、日常的、俗的なものに文学を求めたことは当然であると考えられる。

と時枝が理解した通りのものだった。俳諧は確立期から万葉集以来の「呼びかける文学」を自らのものとして貪欲に取り込む気骨を有していたのである。ここに来て

縄とびの純潔の額《ぬか》を組織すべし　『少年』
原爆許すまじ蟹かつかつと瓦礫あゆむ

という兜太作を、政治的プロパガンダやスローガンの句と安易に切り捨てる「文学観」の浅薄さが痛感される。この種の主張のおおもとには、俳句を観照による「眺める文学」と捉え、両句に見られる呼びかけや自身の決意の言語表現を文学と捉えない「勅撰集」由来の刷り込みが

機能している。安直な科学主義への志向に侵されていると言ってもよい。そのことへの自覚のないまま、文学／俳句を論じる者が多いことへの危惧が、時枝をソシュール批判に向かわせ、1954年の兜太をして

Ⅰ社会性は作者の態度の問題である。創作において、作者は絶えず自分の生き方に対決しているが、この対決の仕方が作者の態度を決定する。—中略— Ⅲ社会性は俳句性と少しもぶつからない。俳句性よりも根本の事柄である

と俳誌「風」のアンケートに答えさしめた。

文学と言語の連続性を強調する時枝は、議会演説、教会の説教、自然科学の論文も「その表現が、我々の鑑賞に堪えるものである場合には、これを文学と呼んで差支えない」（『原論続』）と宣言する。「原爆許すまじ」というスローガンであり、反戦歌のタイトルともなった一言を取り込んだ一句を発表し、晩年「アベ政治を許さない」の言句を堂々と揮毫した兜太の行為は、時枝の文学観の実践そのものだったといえる。

その時枝は、優れた文学作品に向き合うときの読者が「作品に描かれた素材に対する作者の態度を学ぶことによって、素材を操る作者の主体的立場を学ぶことによって、自らの人生を豊かにしようとする」（『言論続』傍点は柳生）と記す。にもかかわらず、〝私小説〟を標榜し「作

者の身辺雑記の報告に堕して、社会性を失った」日本の〝自然主義〟文学は「贈り物の菓子に、自分好みの菓子を選んで贈ったのと同じ」と痛烈に批判した。

言葉そのものである文学の創作における作者の「態度」の尊重。そしてその態度と社会とのかかわりに向ける時枝と兜太の熱いまなざし——。両者に共通するただならぬ「熱量」の存在に令和のわれわれは今、瞠目せずにはいられない。

第十章　図々しく語る無意味の意味

俳誌「風」のアンケートに答えて「社会性は作者の態度の問題である。創作において、作者は絶えず自分の生き方に対決しているが、この対決の仕方が作者の態度を決定する」と宣言した1954年の兜太。この姿勢が続く65年間の生涯を通じ、変わることなく貫かれた事実は、兜太生誕100年となる2019年刊行された遺句集『百年』（朔出版）の中でも明確に示されている。

戦さあるなと逃げ水を追い野を辿る　09年
無言館にて
裸身の妻の局部まで画き戦死せり　10年
津波のあとに老女生きてあり死なぬ　11年
放射能に追われ流浪の母子に子猫
被曝の牛たち水田に立ちて死を待つ
風評汚染の緑茶なら老年から喫す

雁帰る被曝の里に蚕飼ありや　12年
戦争や蝙蝠《こうもり》食らい飢《うえ》とありき　13年
九条の緑陰の国台風来　14年
サーフインの若者徴兵を知らぬ
集団自衛へ餓鬼のごとしよ濡れそぼつ　15年
炎天の墓碑まざとあり生きてきし　16年
福島や被曝の野面《のづら》海の怒り
反戦の雀たち蝌蚪より多きかな　17年

18年2月に他界したことを考えれば、晩年の10年も毎年途切れなく社会詠を続けた事実が歴然となる。『百年』の後記を記した安西篤は、本集の第一の特色として「戦争への危機感や震災被災地に寄せる思いを熱く訴えていること」を指摘し、「すでに功なり名を遂げた俳人が、若者以上の情熱をもってこのような社会的現実に立ち向かう姿は、見事というほかはない」とした。

すでに紹介済みのエピソードだが、兜太は16年晩春の海程秩父道場で作家のいとうせいこうと対談し、「憲法の条文などは最も詩から遠い言語という既成概念がある」との問いに「自分には『憲法九条』のような法律用語が俳句に使いにくく、俳句用語と『人種』が違うという考え方がない。言葉は区別しない」。と応じた。さらに続けて「動物や虫などに関する言葉にわれわれは軽い差別感を持つ。『毛虫』とか『げじげじ』とか。でもそういう気持ちを排除して使う。それは言葉においても然り！」と言い切った。

そこには「政治／俳句」を相容れぬ二項対立として捉える発想はない。むしろすべての存在に対等な命の発現を認める「生きもの感覚」の必然的な結果として、安易な二元論を生み出す「差別」意識への生理的な反発を感じ取ることができる。

注目すべきは、兜太の反発が文学者にとっての血肉に当たる語彙レベルから生まれている点だ。社会的題材を端的に記述可能な〈漢語〉を多用する文体を自らのものとし、「造型」を表現の基礎に据えてきた兜太だからこそ、「社会性」を単なる素材としてではなく、自らの血肉として内面化し得た。時枝誠記のいう「本質的に言葉そのものである文学」は第一義的に語彙と文体の両要素から成るが、兜太の社会性はこの次元に根付いていたのである。社会現象になった「アベ政治を許さない」の揮毫さえも、兜太にはある種の〝詩〟、自身の血肉に宿る命のほとばしりの表現だった。兜太にとっての文学は最期までそのような存在であり続けたのである。

◆社会詠批判と俳句界

堰を切ったような追悼文の氾濫への反発もあってだろう、兜太他界後はこれら晩年の社会詠への批判が散見された。たとえば、坪内稔典は「世界よ吾に触れてみよ」（「ＷＥＰ俳句通信」１０６号）と題した一文で、『百年』にも収められた

沖縄を見殺しにするな春怒濤　15年
年迎う被曝汚染の止るなく　16年

などの句をやり玉に挙げた。社会詠以外の句も俎上に載せてはいるものの、「表現のレベルがとても低い」「言葉の意味が表に立って、言葉が詩的なふくらみを欠いている」とあからさまな否定の対象にしている。

一方で、同じ論の中では虚子の

春風や闘志いだきて丘に立つ

を「俳句史に輝く虚子の代表作」の一つに挙げてもいる。主体的「決意」を表現し、「眺める句」と一線を画している点で兜太の社会詠と相通じ、実際、当時の河東碧梧桐ら新傾向俳句との争いを背景にした主観句と解される。やはり意味が表に立った句である。にもかかわらず、坪内の評価が分かれた一つの理由は、虚子の思いが「俳壇政治」の枠内にとどまるのに対し、兜太の句が俳句外の政治問題に直接触れているためだったのではないか。少なくとも、そうした句を一括して否定する「空気」が現在の俳壇に存在することは確かであり、その中で、

梅雨空に「九条守れ」の女性デモ

という句の公民館報掲載をさいたま市が拒否する事態が2014年に現実化したことは前述の

通りだ。しかし、「この社会に生きている人間を詠んだ当たり前の俳句を、お役人が拡大解釈した実に野暮で文化的に貧しい話」と批判し、15年から中日・東京新聞紙上で「平和の俳句」プロジェクトを立ち上げた兜太らを除き、俳壇が一丸となってことを問題視する事態には残念ながら発展しなかった。作者による提訴の結果、18年12月に示された最高裁の判断で公権力の越権をはねのけた際にも、一般メディアには社会ニュースとして大きく取り上げられながら、俳句総合誌や大手全国紙の俳句時評で俳人が正面から論じたのは、筆者の知る限りでは神野紗希（角川「俳句」19年5月号「現代俳句時評」）などの例に限られた。

この事件はその後、「あいちトリエンナーレ2019」内の企画展「表現の不自由展・その後」で表面化した芸術表現と公共性との関係をめぐる議論を先取りもしていた。同展では「世論を二分」する作品の公共展における展示の是非、さらに政治権力による「検閲」の反憲法性が問われた。現代の芸術論の最先端というべき論点であるにもかかわらず、自戒も込めていえば、俳人や俳論家は問題の重要性と現代史的意義をものの見事にみすごしてしまったのではなかったか。

作者名が一般に報じられなかったこともあるが、俳句界の多数は、俳句史に残る何か――たとえば、時代の中心と切り結ぶ切実さ――を持ち、だからこそ人口に膾炙し、俳句史にその存在をしっかりと刻みつけたこの一句の「表現のレベル」をあげつらい、即座に忘れ去られる〝巧い句〟の下に置いた気がしてならない。桑原武夫「第二芸術」のひそみに倣うなら、作者名を示さず

春風や闘志いだきて丘に立つ
梅雨空に「九条守れ」の女性デモ

と並べた時、一方を歴史的名作とし、一方を「たあいない」作と決めつける文学的根拠が果たしてあるのだろうか。

百歩ゆずって、この句が凡作であり、「スローガン俳句」は否定されるべきだとしても、明確な違法性と現実的危険性がない限り、公権力が一句の価値判断に介入する筋合いは一切ない。開かれた論議はもとより歓迎ながら、政治権力による干渉に対しては、俳句観の違いを超えて強く拒絶することが必要だった。このことは、戦前の俳句弾圧事件の教訓を振り返れば論を待たない。第四章で論じたように当時は西東三鬼の

昇降機しづかに雷の夜を昇る

を公権力が「雷の夜すなわち国情不安な時、昇降機すなわち共産主義思想が昂揚する」と恣意的に解釈し、刑事責任を問う現実が存在した。表現への弾圧を他人事と捉え、事実上容認してしまった俳句界主流の「伝統」を引き継いではならない。

◆「図々しさ」という戦略

そのような思いが、兜太に自身が出演したドキュメンタリー映画「天地悠々　俳句の一本道」（2019年、河邑厚徳監督）の中で

東西南北若々しき平和あれよかし

という「意味性」のあらわな自作を引き合いに、「図々しい平和という風なものが基礎にないと、本当の平和の時代なんていうのはないんじゃないでしょうか。腹を据えて、びくともしないという、そういう集団。そういう人たちの集まり。それが図々しい」と語らせたにちがいない。

中日・東京新聞「平和の俳句」でともに選句を担当したいとうせいこうは、あまりに直截な表現の句を兜太が積極的に取り上げる姿を目の当たりにし、「巨匠の晩節を汚すことにならないか」と心配したと漏らしている。しかし、白寿を目前にした兜太からすれば、批判を十分想定しつつ、自らの作句・選句を通じ「若々しい平和」の体現された姿を「図々しく」表明していくことが何より重要だった。それこそ、兜太の生きもの感覚が晩年を迎えた自らに定言命題として義務づけたものではなかったか。

この場合の「図々しさ」を兜太は「政治論」として持ち出していると同時に、「俳句論」としても位置付けているはずである。俳諧を起源とする俳句が胚胎する根本的な美学に「図々しさ」がある。ある意味で、「挨拶」や「存問」などと並び、俳句を俳句たらしめる重要な概念といってよい。従来の勅撰集的な常識では文芸の範疇外にあるとされ、無視されてきたことがらをあつかましくも抜け抜けと「びくともせずに」最短定型で言ってのける、そのことこそが俳諧の

存在意義《レゾンデートル》だったはずである。

戦時中、海軍主計中尉として任官し、赴いたトラック島での句作は44句が1955年刊の『少年』に、80句が75年刊の『生長』に収められた。

バナナの葉へし折り焼夷弾叩く

犬は海を少年はマンゴーの森を見る

魚雷の丸胴蜥蜴這い廻りて去りぬ

被弾のパンの樹島民の赤児泣くあたり

従軍中の創作であり、仮にそのような思いがあったとしても明確な反戦の意のくみ取れる作品を記録しておくことはむろん不可能だった。ただ作品として公にしたのは戦後であり、修正や編集も可能だったはずだが、この124句に戦争の悲惨や反戦の思いをことさらに強調した作は見当たらない。この島が最前線から微妙に外れていたせいもあるにせよ、戦後の時流に乗る形で自身を美化するそぶりを感じさせない点に、兜太が戦争と向き合う際、自らに課したと率直さとけじめを見る気がする。

それは社会性俳句の旗手として注目を浴びた後も引き継がれ、

闘争重点冴えるスレート魚鱗の路　『少年』

鰊来る地上のビルに汚職の髭
朝はじまる海へ突込む鷗の死
彎曲し火傷し爆心地のマラソン
『金子兜太句集』

などのように隠喩的な表現を特徴とし、社会的論争を直に呼びかけるスローガン的な俳句とはむしろ一線を画する。現在の俳壇ではもっぱらこれらの句の評価が高いものの、一方で

物証なき死刑を怒る壁に階に
ガスタンクが夜の目標メーデー来る
原爆許すまじ蟹かつかつと瓦礫あゆむ
『少年』

など『百年』に見られる直截な社会詠に連なる作品も存在した。両面を手掛けた若き日の兜太だが、半世紀以上を経て「図々しい」までの野太さを持つ「平和の俳句」に力を集中するに至る。この移り行きに、個我に執する人間中心主義《ヒューマニズム》を克服するかたちで「ふたりごころ」から「生きもの感覚」さらに「存在者」へと深化していった創作理念を重ねるとき、兜太なりの「図々しさ」に向かう筋道を理解することが可能となる。

◆ドグマとしての「眺める文学」

詩歌に「勅撰集」が存在することの政治的意義を考えれば、「勅撰」の方向性が「眺める歌」に傾斜していった理由はおのずと理解できる。万葉集の世界では未分化だった生活者と観照者のまなざしを意図的に分離し、防人歌にみられるように日常の切実な生の実感や率直な思いを訴え、同じ生活者に共感を呼びかける文体を政治的に好ましからざるものとして排除したのである。その結果、和歌では「自然はもとより、人間の心も、恋愛も、すべて観照の対象とされ」（時枝『国語学原論　続篇』）、観照の主体である自意識の優越というドグマが近代文学にまで引き継がれた。

柄谷行人が中野重治の戦前における代表作「村の家」「歌のわかれ」に見出したのは、こうした「眺める歌」の延長線上にある文学との決別だった（「中野重治と転向」１９８８年）。それはまた「眺める歌」への傾斜が、吉本隆明が日本の近代化の根底に見出した「思考自体が、けっして、社会の現実構造と対応させられずに、論理自体のオートマティスムスによって自己完結してしまう」（「転向論」58年）精神性の一つの起源をなしていることも想起させる。「呼びかけ」という社会の現実構造への働きかけなしに「眺める」だけの文学の自己閉塞性という問題である。

そもそも勅撰和歌集的な歌に対するアンチテーゼとして生まれ、連歌から連句へと発展を遂げてきた俳諧は、中野重治が担い、小林秀雄が「私小説論」（35年）において屈折した物言いで認めざるを得なかった昭和初期のプロレタリア文学の「革命性」を先取りしていた。「五月雨に鳰の浮巣を見に行く」という眺める文体に、「浮巣を見にゆかん」と呼びかける文体を優先させた図々しいまでの叛逆性に俳諧の本質を見出した時枝。その文学観と同質のものを引き継ぎ、俳句の社会性という形で抜け抜けと具現化した兜太。二人が「作者の身辺雑記の報告に堕して、社会性を失った」日本の近代文学に向けた批判的なまなざしは、小林、吉本、柄谷と続く文学批評の流れの内に位置付けることが可能だ。

これに対し、近年の俳句界に散見される「俳句性」と「社会性」を機械的に対立させて捉える議論自体がいかに真の「俳句性」から逸脱したものであるか。こうした切実な問題提起が兜太の「図々しさ」のうちにはある。

◆虚子の無意味とその意味

昨今の俳句界では、高浜虚子の「ただごと俳句」「ヌーボー俳句」を積極的に評価しようとする機運が一つの潮流としてある。西池冬扇は『高浜虚子・未来への触手』(ウエップ２０１９年)で、虚子作品を改めて振り返りつつ、「『無意味』な世界、『ただごと』といわれそうな句」としてたとえば以下を掲げる。

山畑や鍬ふり上げて打下ろす　『六百五十句』
バスの棚の夏帽のよく落ること
折の蓋取れば圧されて柏餅　『五百五十句』

線と丸電信棒と田植傘　『七百五十句』

また「捉えどこころがない、ヌーボーとした感じを受ける句」として

川を見るバナナの皮は手より落ち　『五百句』
梅雨傘をさげて丸ビル通り抜け　『五百五十句』
春水をた、けばいたく窪むなり
映画出て火事のポスター見て立てり　『六百句』
腹の上に寝冷えをせじと物を置き　『六百五十句』
去年今年一時か半か一つ打つ　『七百五十句』

などを挙げ、「非情」という新たな俳句美学の概念と関連づけて再評価している。こうした傾向は、

焼藷を割つていづれも湯気が立つ　岸本尚毅
テキサスは石油を掘つて長閑なり
水入れてコップの水の冬めける　鴇田智哉
人参を並べておけば分かるなり

など、現代の作品にも受け継がれ、一種の虚子リバイバルが続いていると言ってよい。

これら、兜太なら「気の抜けたビールのような句」と評しただろう作に与えられる「無意味」「ただごと」「捉えどころのない」という評価は、いずれも「観照」の句として読まれることを前提としている。作者は描写される事態に観照的態度で対し、そうした作者の姿も含めた状況を読者は観照的に受け止める。「自然賛美」の枠にさえ収まらない、日常のとりとめなく、ふとした情景――「生活者」と一線を画した「観照者」の目線には没価値と映らざるを得ない――を客観視する作者の姿は、さらにそれを第三者的に観照する読者にはますます無意味と映る。社会の中の個としての当事者性が完璧に脱落しているが故に、観照への徹底なのである。

それは「ヌーボー俳句」にとどまらず、虚子の代表作とされる

流れ行く大根の葉の早さかな

について、山本健吉が語ったことからもうかがえる。角川新書から1951年6月初版が刊行された『現代俳句』上巻では

作者の興味は、流れてゆく大根の葉の早さに集中する。作者の心は、瞬間他の何物もない空虚さが占領する。よく焦點をしぼられた寫生句であり、ホトトギス流の寫生句の代表作とされる所以であるが、その場合この寫生句が、精神の空白狀態に裏付けされてゐることを認めねばならぬ。よく言へば寫生句であり、惡く言へば痴呆的俳句である。素十・立子等に代表される傾向は、虚子のこのやうな面を繼承してゐる。

と評した。

つまり、この句は当初「写生俳句」論が前提としたはずの芸術的「意味」をむしろ積極的に示さない。そこにあるのは、ある意味で吉本隆明が言う「論理自体のオートマティスムスによって自己完結してしまう」世界の空虚であり、観照する自己を主体に据えることで「私小説に帰着した大正期の近代日本文学の空間」（柄谷行人）の行き着く果てともいえる。

◆虚子と兜太の戦略性

虚子自身、1929（昭和4）年にホトトギス誌上に発表した講演録「花鳥諷詠」で「吾等は天下無用の徒ではあるが、しかし祖先以来伝統的の趣味をうけ継いで、花鳥風月へ心を寄せてゐます」「さうして日本が（世界の文壇で＝柳生注）一番えらくなる時が来たならば、他の国の人人は日本独特の文学は何であるかといふことに特に気をつけてくるに違ひない。その時分戯曲小説などの群つてゐる後の方から、不景気な顔を出して、ここに花鳥諷詠の俳句といふやうなものがあります、と云ふやうなことになりはすまいか」と述べ、俳句には究極的に「無意味」と「ただごと」しか見出せないことを前提としていた感がある。その無意味は世界の一等国を目指し、アジアの盟主を志向する大日本帝国の国家戦略とは相いれない。にもかかわらず、抜け抜けと「図々しく」俳句に込めた「無意味」を世に示すことには、当時の世相を向こうにまわした虚子なりの風狂と叛逆への憧憬が込められていた――と思う。虚子お得意の俳句に対する卑下慢的言説には常にそうした俳諧性へのあこがれが見え隠れする。

虚子の句に見られる「無意味」は当事者にとってはかけがえのない人生の一瞬たり得る。句の上では省略されていても、当事者にとっての文脈を踏まえれば、あらゆる場面は取り換えの利かない必然と重大性を帯びている。しかし最短定型詩として、そうしたかけがえのなさをあえて言挙げせず、文脈の説明を排除し、当事者性をはく奪していく「非情」を虚子は自覚していた。「眺める文学」という枠組みが必然的に招き入れる無意味を徹底することで、図らずもその枠の内から「眺める文学」の脱構築を志向したというべきではないか。

それは芸術史の流れの中で、マルセル・デュシャンが17（大正6）年、磁器製小便器を「泉」と題し、署名入りの作品として発表した事実との対応を思わせる。大量生産品という芸術的に「無意味」な物象《オブジェ》を美術作品として提示することでデュシャンは美術の概念を脱構築した。芸術とは何かという根源的な問いそのものを最小限の表現で作品化したのであり、ミニマルからコンセプチュアルアートに至る現代美術の源流となった。

ただ、虚子はデュシャンと異なり、観照が生み出す無意味を埋めるものとして「季題」が生むある種の民族性と宗教性を帯びた思想に俳句を託し、バランスをとろうと試みた。その結果、虚子俳句の「無意味」は、昭和初期の文壇で大きなうねりを生んだプロレタリア文学、多少なりともその影響を受けた新興俳句や自由律俳句が志向する「意味」への対抗要素としての「意味」性を担うことになった。虚子の「花鳥諷詠」提唱から10年を経て起こったプロレタリア俳句・

新興俳句への弾圧では、「有季定型」「花鳥諷詠」が治安維持法に抵触するか否かの判断基準《メルクマール》として機能したのである。おかげで虚子の俳句は戦争を経ても「何も変わらない」形で生き延びられたともいえる。

「政治的な無関心」もまたひとつの有力な「政治的な選択」であることは政治学の基本である。全体主義と対外戦争への坂道を転げ落ちていく昭和前期の日本で、観照の徹底による「無意味」の表現を「無用の用」に転化させる虚子の路線は、文芸論上の選択というだけにとどまらず、社会の中での自らの俳句の生き残り戦略という意味合いを生んだ。その意味で多分に政治的な選択ともいえただろう。

一方の兜太が作句や選を通じ「図々しい平和」を訴えるとき、社会の中での俳句のあり方の選択という戦略性がそこには感じ取れる。図々しいほど「言葉の意味性が表に立つ」と批判される晩年の社会詠も、「文学／政治」を相いれない二項対立の関係と捉える立場からは文学的に「無意味」と見なされる。その点で実は虚子の「ただごと俳句」と軌を一にしているのである。そして虚子が「無意味」の裏に有季題詠という「意味」を込めたことに対応するものを兜太に探せば、生きもの感覚や存在者ということになる。平和への希求は生という存在が意味抜きで志向するということにおいて、一種の宗教的価値でさえある。

つまるところ、図々しく「抜け抜け」と無意味を発信し続けた態度という点で、晩年の兜太と虚子は相通じていた。その根底には「文学／政治」「芸術／非芸術」「意味／無意味」という二項対立を超え、意味である以前に「本質的に言葉そのもの」という時枝的な文学観に帰着する老獪な知恵が横たわっていたことを感じさせる。

虚子が「無意味」に託した思いの深みには、戦争と思想弾圧の時代を生きた一人の人間の懊悩と狡知が存在した。このことを虚子の「無意味」を絶賛する現代の俳句人はどこまで実感として理解しているだろうか。その度合いは、虚子が事実上、無視することで結果的に黙認せざるを得なかったかつての戦争と俳句弾圧の生々しい記憶を胸に、晩年の兜太が社会詠を通じて「図々しく」世に問うた「無意味」の「意味」を現代がどれだけ真摯に受け止めるかによって量られるはずである。

第十一章　差異としての虚子／兜太

「ただごと」と「直截な社会詠」――。他から「文学的に無意味」と断じられかねないことがらに執し、あくまでも図々しく、抜け抜けと、その「無意味の意味」を語りぬく。その点で、高浜虚子と金子兜太が実は通底する戦略的な足場に立っていた。

興味深いのは、二人はそれぞれが相手の「直截な社会詠」や「ただごと」性の「無意味」を互いに強く否定もしくは無視し合った点である。たとえば、「戦争を通じ俳句は何も変わらなかった」と語った虚子の場合はどうか。戦争への反省から社会性の自覚を前面に打ち出した戦後俳句、その旗手と目された兜太に対する基本的な態度は「黙殺」だったと感じられる。

第三章で紹介したように、2018（平成30）年に出版された筑紫磐井編著『虚子は戦後俳句をどう読んだか』には、1954（昭和29）年4月号から虚子が倒れるまでの丸5年間、「玉藻」誌上に連載された「研究座談会」の模様が再掲された。そこで虚子はホトトギス外の作家、わけてもほとんど言及することのなかった「戦後俳句」の担い手たちに対する率直な思いを語っている。

◆虚子の兜太論

兜太とその句作に関するやりとりの中で

　　夜の果汁喉で吸う日本列島若し

について、虚子は「俳句では無いと思ふ」の一言で済ましている。無季であるが故のいわば反射的な評価だろう。句に漂う抒情は戦後という時代の〝青春性〟を突出させたものと感じられるが、その種の「季感」は虚子には意味をなさない。俳句は実質的な意味における「季節の詩」である前に、形式的意味で「季題の詩」であらねばならぬという理解が顕在化している。魚を捕えようと海に入る鷗と「トラック島で、零戦が撃墜されて海に突っ込む景」をオーバーラップさせた即物陳思の句

　　朝はじまる海に突《ママ》こ《ママ》む鷗の死

についても、まず形式論で「無季」である点に議論を収斂させ、「単に季といふ問題でなく、『俳句に於ての季』といふ問題をどういふ風に考へるかといふことを、かういふ人に聞いて見たいと思ふ」「(季題を)重大なものとは思はず、唯、季がないと聯想がないから、便宜の為に使ふといふことですね」と語るにとどめる。ソシュール風にいえば季をラングの一環と捉えて、す

べての句を「俳句／非俳句」の形式的構図にまずあてはめ、非俳句に該当する場合は実質論に一切踏み込まない。この対応の徹底ぶりは、河東碧梧桐、水原秋櫻子らと俳句界の覇権をめぐって闘い続けてきた老獪さをさえ感じさせる。

縄《ママ》とびの純潔の額を組織すべし
艦隠す青黒い森へ洋傘干す
鏡の前に硝子器煮える密輪の街

についても「思想を現はすといふのも面白い。それはそれでい丶」「認められます。但し十七音詩としてですよ。俳句では無いですよ」などの言説が示すように、「有季定型による花鳥諷詠」という自身の俳句観を微動だにさせず、「俳句／非俳句」の図式のうちに個々の句を論じる立場が一貫している。

虚子はこれに先立つ四半世紀前、山口誓子の第一句集『凍港』に「序」として一文を寄せ「私にしても俳句以外の新詩形によって、俳句以外の想を自由に歌つて見度いといふ欲望は十分にある。老いた今でもあるが、若い昔は大いにあつた」と語った。「俳句」と「俳句以外」の線引きに執する姿勢は当時から変わらず、「外」の世界の持つ可能性に言及するようで、実のところ「其は國語の性質から見て困難な事業であることは勿論である」と突き放す。俳句の外部についてては具体論を語らない態度は一貫している。虚子の俳論の中核をなす「俳句／非俳句」の図式的な峻別は少なくとも昭和前期以降、その晩年まで本質的な変化がなく、引き継がれたというべきだろう。

虚子の俳句思想は「客観写生」「花鳥諷詠」「存問」「極楽の文学」などさまざまな言葉で説明されてきた。虚子自身、その時々の社会、文化、文芸的な状況を踏まえて、臨機応変に魅力的なキーワードを世に送り出す才にたけてもいた。ただ各々の理念は必ずしも明確な論理的連続性・首尾一貫性をもって語られているとは言い切れない。それゆえ、論じる側も自身の文脈の中で適合的な虚子の論を参照でき、すべての議論は虚子がすでに先取りして論じていたかのような錯覚に陥りやすい。

これら人口に膾炙したキーワードからいったん離れ、虚子が俳句を論じる際の基底において一貫した思考の枠組みとは何かを明らかにする必要がある。兜太への言及を通じて考えれば、それは「俳句／非俳句」という二項対立の両極が概念的にばかりでなく、具体的な作品のレベルで何らの曖昧さや留保なく形式論理的に峻別できるという思想に他ならない。

文芸ジャンルの別、たとえば小説、詩、評論などはその境界線が論理学的な明晰さをもって引かれているわけでは実はない。複数の分野にまたがり、また、どこにも属さないように見える作品が登場することさえしばしばある。それによって、絶対と思われてきたジャンルの閉鎖的なあり方が問い直され、多様性《ダイバーシティ》を通じた新たなエネルギーが生み出されるという創造の力学さえもたらされてきた。

そもそも文芸と非文芸、芸術と非芸術の境界は一義的に確定されず、時間の経過とともに変化もする。この境界の曖昧さが生む多様性こそが芸術発展の原動力ともなった。時枝誠記がソシュール言語学への批判を込めて提唱した言語過程説で「文学は、本質的に言語そのもの」とし、「芸術的な言語と、芸術的でない言語の間に、一線を画することが困難」と強調したのも、そうした考え方に基づいてのことだった。

これに対し、全く逆の行き方を虚子は採用した。「俳句／非俳句」「有季／無季」「発句／月並」などの対概念をすべて自然科学的な境界の線引きが可能な二項対立と見なしたのである。兜太への直面のしかたをみるにつけ、こうした虚子の立脚点が鮮明になったといえるだろう。

◆観照の主体たる非情

一方の兜太は、虚子他界の直後、1959（昭和34）年5月の角川「俳句」（高浜虚子追悼号）において、NHKで放映された追悼番組でも取り上げられた虚子の代表作のひとつ

爛々と昼の星見え菌《きのこ》生え

に鋭い批評を加えた。後に川崎展宏が評論集『高浜虚子』（74年）に収めた「『爛々と』の句」で兜太の言を引き、これをある種の「人間不在の」句と強調しているが、実はこの指摘、言葉通りに解してしまうと、誤解を招く。というのも文言上、「見え」の主語は作者虚子であり、見る主体としての人間は確かに存在する。展宏も指摘する通り、むしろこの「見え」が句の眼目といえるキーワードなのである。これが

爛々と昼の星燃え菌生え

であればどうか。実際、虚子には「われの星燃えてをるなり星月夜」（31年）があり、それであれば「昼の星」は人間が全く存在していない世界の景としても理解が可能だ。本論でいく度も取り上げてきた兜太の

おおかみに螢が一つ付いていた

との共通点さえ見出せる。ともに現在、自然には見られぬはずの、ある種の幻視ともいうべき映像であり、それはたとえば人類未生以前の太古、もしくは滅亡後の世界を垣間見たかのような不可思議な懐かしさと黙示録的危うさをたたえている。そのような点で、両句は実はどこか通底している。

しかし、虚子が「見え」という措辞を用いたことで、展宏は虚子の「心眼と肉眼」などという得体のしれないものを持ち出すはめになった。兜太が問題にしたのも単なる「人間不在」というより、作者による「自然観照」のみがあり、主体的な行為や生活の匂い、思いの表白がない点なのである。それを「腹立しいくらいの非情を果していた」と鋭く突き、主体的な人間性の不在に批判を集中している。

時枝の用語に従えば、この句は「観照」を旨とした「眺める文学」の一典型であり、古今和歌集以降、日本のアカデミックな文芸観に擦り込まれた勅撰集的な固定観念の延長線上で詠ま

れていることに兜太は疑問を投げかけているのである。だからこそ、「虚子は『花鳥諷詠』に徹していた――それはすべての彼のエピゴーネンより清潔に、強靱に」などと非難とも称賛ともつかない発言までしてみせる。

この句における「見え」の措辞は、以上のようにさまざまな波紋を呼ぶほどに刺激的であり、観照に対する虚子の思い入れの強さが表現されている。「客観写生」「花鳥諷詠」の根底にある観照的な主体が自然との一体感を謳いつつ、その実、いかに人間中心主義的な存在であるか、あらわにしているといってもよい。

科学的にいえば昼の星を肉眼で見ることはまず不可能だろう。ここでは客観写生を旨とする虚子であっても、ある種の先行する想念や詩想に基づく句と考えるのが自然ではないだろうか。その際に思い当たるのが、虚子の鎌倉・由比ガ浜の居宅から直線距離で1キロほどの場所にある鎌倉十井のひとつ「星の井（星月ノ井）」である。場所は紫陽花で知られる成就院から由比ガ浜へと続く坂道の途中。今は蓋で閉ざされているが、かつてはのぞきこむと昼間も星の影が見えたと伝えられ、昭和初めまで道行く人の飲用にも供されていたとか。明治の終わりからほぼ半世紀、鎌倉に居を構えた虚子がその存在を知っていた可能性は十二分にある。

稲畑汀子は『虚子百句』（富士見書房　2006年）でこの句について

長野の俳人達が大挙して山ほどの松茸を持参して別れを言いにやってきたのである。―中略―句会に出席していた村松紅花の証言によれば、句会の席上、長野の俳人の一人が、深い井戸を覗いた時、昼であるのに底に溜まっている水に星が映り、途中の石積みの石の間に菌が生えていたという体験を話したという。

と誕生の経緯を明らかにした上で、

この句は信濃の国に対する虚子の万感を込めた別れの歌であり、最高の信濃の国の誉め歌なのである。

と記す。このような事実を前提にすれば、3年間の小諸での疎開生活を終え、鎌倉への帰還を目前に控えた1947年10月当時の虚子の心中で、これから帰る先でも耳にした井戸の底の水に昼も映る星影と眼前の山ほどの松茸の両イメージが一つの景に融合したと想像してみたくなる。稲畑は

この句はもちろん虚子自身が昼の星や菌が生えているところを見たのではない。つまり矚目の写生句ではない。また一俳人の話からの伝聞を句にしたものでもない。そんなことではこの句に秘められた神秘的な力が解けない。

とまでいう。ならば伝聞をきっかけにしながらも、そこに「神秘的」なインスピレーションが

舞い降りたのは、なぜか。当の虚子のなかにすでに他の伝え聞きから紡がれた詩的イメージとしてあったものが、地の人のそれを裏書するような一言に触れた瞬間、既視感《デジャビュ》を伴いつつ心中に一層明確な映像として再造型され、世界観的な広がりさえ獲得したからではなかったのか。一方、「長野俳人別れの為に大挙し来る。小諸山廬」の前書き通り、虚子のうちでは、餞別に松茸を贈られたことへの挨拶として嘱目写生を外れた題材、表現などについても違和感はなかった——そう読めばファンタジー世界にしばし心遊ばせる無垢の歌と読むことにあながち無理はない。直弟子である清崎敏郎の理解はその範囲内にある。

ただ川崎展宏はこれに納得しない。むしろそのような穏当な受け止め方を認められない自身の中に何かを見出さずにはいられないのである。

不気味といえばこれほど不気味な句はないだろう。しんと静まりかえったこの世界は、意志や希望や絶望や孤独や、そんな人間臭いもののうろつき廻るところではないのだ。爛々と燃える昼の星に照応して菌が陰湿に光る。どこを探しても人間はいないのである。

と不穏さをことさら強調する。それは自身のみならず、大野林火、相馬遷子、山本健吉の読みにも共通する受け止め方であると言い募るのである。句の来歴からすれば松茸であるはずの菌に次第にけばけばしい色合いの毒茸のイメージが重ねられていく。その道筋の果てにおいて「白痴美」「腹立たしいくらいの非情さ」と言い放った兜太の強い言葉にたどり着く。

◆昼の星・菌と戦争

現代の視点からこの句を読んだ場合、たとえばマグリットの絵画「光の帝国」に通じるシュールな感覚や、強靱に育つ茸の生命力にある種の神秘性は認めるとしても、そこに圧倒的な無気味さを感受することはかなり極端な印象も受ける。ならば、この時代の名だたる俳句の読み手を一様に無気味で不安な印象に導き、落ち着かなくさせる秘密はどこにあるのか。

まず終戦からまだ間もない時期に詠まれたことを忘れてはならない。虚子が疎開した小諸は戦時中、米軍による爆撃の被害はなかったとされる。戦局が厳しさを増す1944年秋以降をこの地で過ごした虚子は『小諸雑記』（1946年）などを読むにつけても、直接戦禍を体験することはもちろん、「観照」する機会もまれだったようだ。もっとも長野県内ではたとえば45年8月13日の日中、米空母の艦載機62機が長野、上田市を空襲、爆撃や機銃掃射によって47人の死者を出した。

一方の兜太に関していえば、トラック島で米軍機の襲撃を受け、部下を亡くしている。

星座を分け敵機近づく海にぶし　『生長』

青草に尿《いばり》燦燦敵機来る

などの詠も残し、「爛々と昼の星が見え」る映像がもたらす心象は、白昼の上空に敵機の機体が日光を反射して輝く光景とどこか結びつくものではなかったか。それは戦争末期も小諸でまずまず平穏に過ごした虚子には思いも及ばぬことだったろう。しかし、兜太だけではなく、当時、空襲を経験した多くの日本人にとって上空からの敵の来襲におびえて過ごしたトラウマとつながる映像であって何ら不思議はない。

さらに「菌生え」には、「きのこ雲」への連想が重なりうる。句が詠まれるほんの2年前の日中、広島、長崎には落下傘を帯びた1発ずつの原子爆弾が投下された。上空を強烈な閃光が走り、すべてを焼き尽くし、なぎ倒す熱線、爆風が発せられたのである。その際、生じたきのこ雲の映像は今も日本国民共通の負の表象となっている。

虚子が句を詠んだ終戦2年目、米国主体の連合国軍最高司令官総司令部（GHQ）の統治下に日本があったこの時点で、広島、長崎の惨禍が今ほどリアルに知られていたわけではなく、作者の意図としてこの句にそのような含意を読みとる余地はない。後に長崎に赴任し、「彎曲し火傷し爆心地のマラソン」と詠んだ兜太ですら、そのような読みをしているわけではない。ただ一方で、兜太の立ち位置からすれば「写生写生と言う虚子が写生らしからぬ句を作っている例」（岸本尚毅『高浜虚子　俳句の力』三省堂　2010年）として評価してしかるべきこの句に対して、むしろ嫌悪を感じさせる口ぶりで批判を加え、同様に戦中を生きた展宏、林火、遷子、健吉らも異口同音に「不気味さ」を感じ取っている。この句がはらむ黙示録的な描写と、それに向き合う作者の観照一辺倒の姿が、解釈論とは全く別の次元——たとえば言葉が読み手の深層心理に及ぼす無意識的な印象の効果——において読者に実存的な不安感を抱かせるのではないか。それが展宏をして「遷子の鑑賞をもっと推し進めれば、『爛々と』の句から人類滅尽以後の不気味な状態をかぎつけることもできるだろう」と記させた。

この句で、虚子と読者の間にこのような行き違いが生じる背景の一つには、虚子自身にとって戦争（わけても第2次世界大戦）が基本的に「非俳句」的事象だったということがあるだろう。虚子は小諸疎開の時期の終盤、自身の戦時中の体験に基づき、福井県三国在住の弟子、森田愛子との俳句を通じた淡い交情の記憶を綴った「虹」以下、『愛子物』と称される5編の俳文的小説を記していくが、そこにも「戦争」をうかがわせる描写はほとんど登場しない。それは、あえて排除するという思いなしには決してあり得ないはずの徹底ぶりである。さらには全編を通じたテーマである愛子との「プラトニックな愛」についても、虚子自身は何ら主体的な関与はせず、観照的な「眺める文学」そのままのあり方を貫く。

その戦争について、虚子が俳論的な立場から言及した珍しい例が54年の『俳句への道』に見られる。

人は戦争をする。悲しいことだ。しかし蟻も戦争をする。蜂もする。蟇もする。その外よく見ると獣も魚も虫も皆互たがいに相食《あいは》む。草木の類も互に相侵《あいおか》す。これも悲しいことだ。何だか宇宙の力が自然にそうさすのではなかろうか。そこにもものあわれが感じられる。

この種の感慨を平家物語の時代に抱くというなら分からないでもない。しかし、第2次世界大戦で沖縄戦や東京大空襲、さらに広島、長崎への原爆投下を直接経験した現代日本人が、それでもなお同様の観照的立場に立ち得るとすれば、それは発言者がこれら戦争の痛みを自身で味わっていないからではと疑いたくもなる。

この疑いは、虚子の「爛々と」の読み手の多くが共通して訴える「不気味さ」にも透けて見える。たとえば、兜太が虚子逝去を受けての追悼文の中であえて記した「白痴美」「腹立たしいくらいの非情さ」――。その強い語調にはある種の怒りとともに、「俳句／非俳句」の峻別を貫いた虚子が「戦争」を俳句外の世界のものとしてあたかも非現実であるかのように扱い、自らをその外部に置く「観照」のみを俳句の現実として認めたことに対する強い反発をさえ感じずにはいられない。

◆「対立」と「差異」

虚子が「俳句／非俳句」の別に一貫してこだわり続けたこととの関連で思い起こされるのは、柄谷行人が1988年に発表した「中野重治と転向」である。この論文で柄谷は、プロレタリア作家としてデビューし、後に「転向」を経験しながら戦後も昭和の日本を代表する作家として活躍した中野重治のエッセー「ちよつとの違い、それが困る」で示された「大きな差異はどうでもよいが微細な差異にこだわるという彼の姿勢」を「気質の問題ではなくそれ自体思想の問題」としてクローズアップする。そして、「政治と文学」という明治以降の文学が抱え続けてきた対立関係を念頭に、「大きな差異は『対立』としてあらわれる。だが、この『対立』はいつも微細な差異を隠蔽する」と断言する。

柄谷は、中野の代表作の一つ「村の家」を例に、転向／非転向という対立の中で考える限り、見落とされ、黙殺される「ちょっとの違い」に中野がいかにこだわったかを焙り出していく。そして「生か死か、文学か政治か、文学か生活かといったかたちで問われる『問題』は、根源的に見えるけれども、その明快さのなかに、ある欺瞞性がはらまれている」と強調する。その欺瞞性とは「対立はいつも差異を隠蔽する。そして対立しあうものは互いに似てくる」ことに尽きると言うのである。

たとえば、中野ら文学者が強要された「転向」とはマルクス主義的な政治理念に基づく執筆活動の否定・決別というものであった。それを正当化するため、あえて文学と政治を対立の関係と捉え、「文学を政治から自立させる」動きが広がるが、それは結果的に明治大正以来の「近代文学」、すなわち絶対的な内面による世界の観照を基調とする私小説という、プロレタリア文学がいったんは否定したものへの回帰に収まってしまう。その結果生まれた観照者としての内面的自己は、無謀な戦争への国民総動員という潮流の中で、これを押しとどめる力となることはあり得ない。多くは国策に迎合し、少なくとも黙認的な姿勢を示さざるを得ず、「再び文学を別の政治に従属させることに反転してしまう」。

これに対し、中野は「二元的な『対立』を『差異』にもっていった」。彼の立場は「芸術に政治的価値と芸術的価値があるのではない、芸術的価値の『差異』があるだけだということだ。(それは芸術に政治的な意味がないということを意味するのではない。いかなる言説も、非政治的言説も政治的な意味を帯びるのである。……)」。柄谷はそれを中野の代表作「村の家」「歌のわかれ」「むらぎも」などに読み取っていく。

柄谷は中野重治に見出した「文学における大きな(二元論的)対立からの脱却」の原型を夏目漱石にも発見していた。2004年に刊行された『定本 日本近代文学の起源』の第1章「風景の発見」の冒頭で、漱石の『文学論』(1907年)から有名な一節を引用している。

凡そ文学的内容の形式は(F+f)なることを要す。Fは焦点的印象または観念を意味し、fはこれに附着する情緒を意味す。されば上述の公式は印象又は観念の二方面即ち認識的要素(F)と情緒的要素(f)との結合を示しうるものと云ひ得べし

さらに漱石は次のように付け加える。

だから詳しい区別を云ふと、純客観態度と純主観態度の間に無数の変化を生ずるのみならず、比変化の各《おのおの》のものと他と結び付けて雑種を作れば又無数の第二変化が成立する訳でありますから、誰の作は自然派だとか、誰の作は浪漫派だとか、さう一概に云へたものではないでせう。

柄谷は漱石のこの主張について、「このような見方は、ロマン派や自然主義という文学史的概念の自明性をくつがえす。漱石は、ロマン主義と自然主義の違いを、たんにFとfの結合度の違いとして見るのである」と解説する。

中野重治をめぐる言説に関連づければ、ロマン主義／自然主義の関係は政治／文学などと同様、大きな対立として存在するのではない。この問題を俳句に引き寄せて考えるとき、漱石の公式（F＋f）でFに客観表現、fに主観表現を当てはめることはごく自然な発想といえるだろう。すると、ほぼ一世紀にわたって尾を引いてきた俳句の主観客観論争がきれいに解消する。「眺める文学」／「呼びかける文学」という二項「対立」の構図も時枝が主張したように、「差異」の問題に帰着するからである。

そこを誤って、俳句の主観的な要素と客観的な要素を大きな対立という構図に落とし込んでみてしまうと、解消したと思い込んでいた対立に再び巻き込まれ、無意味な輪廻に捉われ続けることになる。にもかかわらず、この問題が有季／無季などとともに決定的に対立する二項と見なされやすく、差異の問題としてみていくことがなぜ難しいのか。そこに「大きな対立」をむしろ積極的に演出することで、俳句というジャンルの発展・拡大を担ってきた虚子の存在を見ることはあながち的外れではないだろう。

◆差異でみる兜太と虚子

この章では、虚子が俳句を論じる際の根本的な思考の枠組みとして「俳句／非俳句」もしくは俳句の「内側／外側」という二項対立の構図を前提としていたことを示した。その分かりやすい図式性によって幅広い大衆的支持を集め得た一方、自身の俳句世界に多くの矛盾を抱えることにもなったといえるだろう。

おそらくは虚子自身もその点を十分自覚していたはずだ。そして、自身の内で「俳句／非俳句」の対立が肥大化し、抜き差しならないものとなることを防ぐ仕組み、内部の過度の高圧化を防ぐための排気弁こそが、自句への「無意味」の導入、つまり自身の世界に「意味／無意味」を「大きな対立」としてではなく、両項の「差異」が問題となる形で取りこむことだったのではないだろうか。それが第五章で記したように「非虚子」的なるものさえも自らの内に棲まわせ、飼いならして自らの世界を拡大していった「虚子」という存在を解き明かす大きな鍵となる。

そのことは、生来の感覚で「文学／政治」をもとより「差異」の問題として捉え、実作に反映させてきた兜太と表面上は大きく「対立」しつつ、根底で呼応し、共鳴し合う部分が虚子にあったこともうかがわせる。この二人の巨匠の間に「大きな対立」ばかりを見るのではなく、「差異の問題」として位置付け直す視野が拓けてくるのである。そして自らのうちに「非虚子」を飼いならし、俳句第二芸術論が芸術／非芸術の大きな二元対立を自明としたことの浅薄さを「俳句もとうとう（第二）芸術になりましたか」と皮肉をこめて評したとされるその虚子が、「有季／無季」に基づく「俳句／非俳句」という図式への自身の固執は客観視できなかった事実も浮かび上がる。

それはまた第2次世界大戦、日中・太平洋戦争終結後の俳句史の全体像を把握する上で不可欠な視点であろう。「造型俳句六章」発表から60年が過ぎ、還暦を超えた兜太の「造型俳句論」は当時の俳句界に大きな波紋を生み、さまざまな論争の出発点ともなった。いま虚心坦懐にひもといてみると、虚子を中核としたホトトギス花鳥諷詠、馬酔木、新興俳句の各派、さらに自らが師と仰ぐ人間（人生）探求派の中村草田男、加藤楸邨さえも批判の俎上に載せる過激な内容でありつつ、それぞれの潮流が持つ俳句史的な必然性を踏まえ、対立的な現状を乗り越えることで生まれる〝次〟を展望する志向に貫かれている。ある意味で、兜太ほど広い視野から正岡子規以降の俳句を明確な発展史観をもって見詰めようとした俳人はいなかった。

兜太のそのような〝弁証法〟的な思考のあり方は、ある意味でヘーゲルからマルクスに至る哲学思想の洗礼を受けた明治後期〜大正生まれの知識人にとって、あたかも空気のようなものであったにちがいない。文明開化の只中、明治7年生まれの虚子の形式論理的な二元論とぶつかり合うこともむしろ当然だった。虚子がそうしたように二人の間に決定的な対立をのみ見ようとする姿勢が現在の俳句界の大勢であることも、ここに起因するだろう。ただ結果として「大きな対立」をのみ見出すとすれば、常に文学の次を見詰め続けた夏目漱石や中野重治の思いとは相反する結果をまねきかねない。

現在の俳句界の主流は、冷戦の終焉と日本のバブル経済の崩壊を経験し、世界を変化・発展の相で捉える弁証法とは一線を画したポストモダン的な〝醒めた〟まなざしを持つ世代が占めている。虚子の一徹なまでの信仰的な強度とも、兜太の大胆な変化への信頼とも異なり、明確な体系性、一貫性をむしろ拒絶しながら、本質的には変わらない世界の時々の状況に対する表層レベルでの対応への巧みさを競い合う――その種の営為が評価されがちな時代なのである。結果として、俳句界は30年を超える期間にわたり「平成無風」と揶揄され、虚子リバイバルが息の長い流行となったり、平成の代表句アンケートで兜太の「おおかみに螢が一つ付いていた」が群を抜いた筆頭の座を占めたり、つまるところ〝古人〟に名を成さしめる事態ともなっている。

逆説を弄するとの批判を覚悟のうえで明言するならば、兜太と虚子の関係を「大きな対立」の相に固定化させず、「微細な差異」として新鮮なまなざしで見詰め直すことが、今こそ求められている。それが「令和なお無風」といわれかねない現状への一喝となりうるはずである。（以上敬称略）

俳句の世界で長編の作家論といえば、句の評釈を伝記風の記述でつなぐものが大半だろう。とりわけ兜太のように、誰もが惹きつけられる人間像をもち、一筋縄でいかない多面的な作品で俳句人生をまっとうした存在である。それだけで読むに足る一冊が成り立つ。

しかし、本書では句を逐語的に解説し、そこに込められた兜太の思想や背景にある人生を語ることはほとんどしていない。本論でも述べたように文学と俳句は「本質的に言葉」であり、兜太という存在も「言葉」、それも日本語という枠組みの中で捉え直したいと考えたのである。

兜太には思想家や革命家、（本人は否定するだろうが）宗教者としての魅力さえ備わっていた。ただそこに安易に引きずられ、「言葉の人」としての存在感が薄まることは望ましくない。兜太が（おそらくは今も他界で）「言葉」と向き合い、対峙する姿をつかまえたかった。それが自分のうちで兜太が生き続けていることの最大の証しなのである。

兜太が世界に送り出した「言葉」のありようを、具体的には「漢語／やまとことば」が織り成す重層性、そして切字としての「た」のはたらきという二つの着眼点から描こうと努めた。結果的に山頭火、一茶はもちろん草田男、虚子、子規、白泉、鳳作らの「言葉」との切り結び方についても従来とはかなり異なる視点から見詰めなおすことになった。これを時枝誠記の国語観に即して敷衍すれば、世界最短定型詩である俳句が日本語という個性的な言語のうえで生まれた必然性という、ドンキホーテ的大仰さを帯びた問題提起さえ可能と感じる。

本書は「WEP俳句通信」103号での兜太他界を受けた追悼特集への寄稿を序とし、続けて123号まで3年以上にわたり「兜太再見」の題で行った連載の前半部分に大幅な修整と加筆の結果できあがった。連載の後半は兜太の実作のありようと時枝日本語論を結びつけて論を進めたが、巨大なテーマを論じきらぬまま完結させている。

前半を切り離して刊行することを思い立ったのは、兜太の他界からのほぼ4年のあいだに、兜太が礎を築いたカルチャー教室の講師を分不相応にも引き継ぐなどの経験を積んだことが大きく影響している。自身が兜太から得たものを、未消化であろうと、まとまりのあるものにしたいという思いが募った。それが今は他界にいる兜太に再見し、思いを届けることにもなるだろう。その前提となる長期連載を認め、支えてくれたウエップの大崎紀夫編集長ときくちきみえさん、書籍化担当の土田由佳さんには感謝の言葉しかない。さらに本書の土台となった「兜太観」を著作と日々の指導を通じ与えてくださった「海原」の安西篤代表、武田伸一発行人をはじめ諸先輩・俳友の恩も身にしみて感じる。

学生時代、偉大なドイツの先人が記した歴史的著作の序文を読み、「すべての科学的な批判に基づく論評を歓迎する」という趣旨の一言が記されていたことに深く心を動かされた。比べるのも気が引ける、ささやかな仕事ではあるが、この感動的な「言葉」が引用できる場を自分も得た喜びを噛み締めている。

2022年「青鮫忌」を前に

柳生　正名

本書は「ＷＥＰ俳句通信」１０３号（２０１８年４月）特集論考を序章とし、以後１０４号（２０１８年６月）～１２３号（２０２１年８月）に連載した「兜太再見」の１１３号（２０１９年12月）までを一書としてまとめたものである。

なお本書中、一部の引用部分等で現時点では不適切な表現があるが、歴史的意義を考慮し、そのままのかたちで使用した。

著者略歴

柳生正名（やぎゅう・まさな）

1959（昭和34）年5月19日、大阪市に生まれる
東京、千葉にて育つ
平成初頭、大木あまりの指導で句作開始。その薦めで「海程」入会、
金子兜太に師事。2001（平成13）年同人。現代俳句協会に加盟
2018（平成30）年、「海程」終刊に伴い、「海原」創刊同人・実務運営委員長
同年、同人誌「棒」創刊同人

2001（平成13）年海程新人賞、07（平成19）年海程賞を各受賞
2005（平成17）年、現代俳句協会評論賞受賞。12～17年、同賞選考委員
現在、よみうりカルチャー川口、朝日カルチャー新宿各講師

句集『風媒』（ウエップ、2014年）。共著に『現代の俳人101』（2004年）

現住所＝〒181-0013　東京都三鷹市下連雀1-35-11

兜太再見

2022年2月28日　第1刷発行

著　者　柳 生 正 名
発行者　大 崎 紀 夫
発行所　株式会社　ウエップ
〒160-0022　東京都新宿区新宿1-24-1-909
電話　03-5368-1870　郵便振替　00140-7-544128

印刷　モリモト印刷株式会社

ISBN978-4-86608-123-6
※定価はカバーに表示してあります